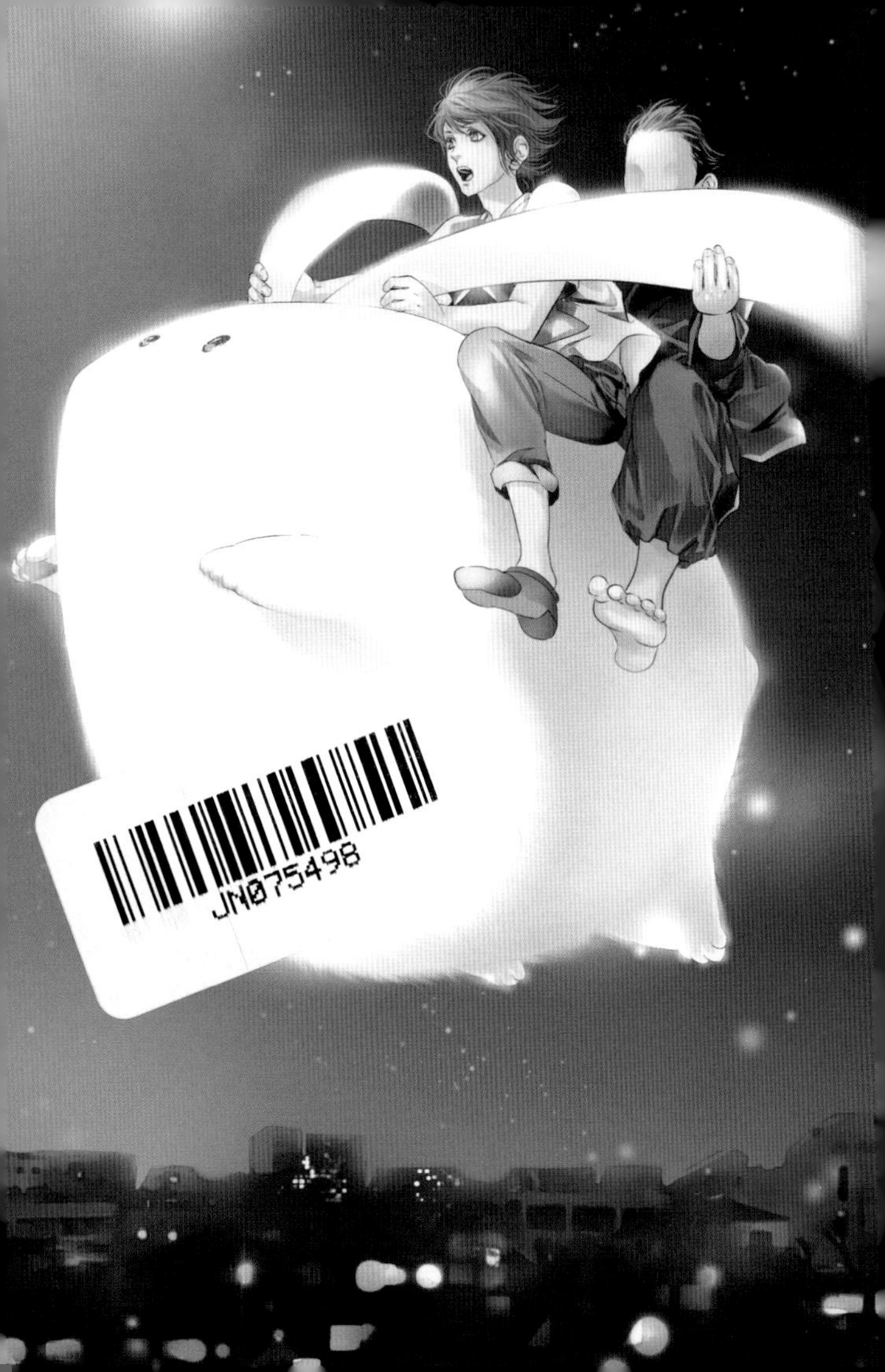

JN075498

モフリーノ先生とないしょのなつやすみ

Kawaiko
かわい恋

CHARADE BUNKO

Illustration

みずかねりょう

CONTENTS

本作品の内容はすべてフィクションです。
実在の人物、団体、事件などにはいっさい関係ありません。

1.

――あれは、小学校に上がる前のクリスマスイブの夜。窓の外に、ちらちらと白い雪が降っていたのを覚えている。

「苦しくないか、奏多《かなた》」

おじいちゃんはそう言って、畳敷きのリビングに並んで敷いた布団に横になっている奏多の毛布を、顎まで引き上げた。

「うん……」

奏多は赤い顔をして、クリスマスツリーにぴかぴかと光る電飾をぼんやりと眺めた。ブルー、グリーン、ピンク、イエロー。

奏多を夢の世界に誘《いざな》うようにゆっくりと点滅している。ツリーの足もとには、テディベアやプレゼントの箱が置いてある。明日の朝になったら、あの箱を開けるのだ。

……熱が下がったら。

「痛かったり苦しかったりしたら、夜中でもいいからじいちゃんに言うんだぞ」

おじいちゃんは奏多の隣に敷いた布団にごろりと寝転がった。

せっかくクリスマスイブなのに、風邪《かぜ》を引いてしまうなんてツイてない。

奏多の子ども部屋は、ベッドの脇にもう一人寝られるほど広くない。だからリビングに布団を二つ敷いて、おじいちゃんと並んで横になった。奏多が生まれる前に離婚したお母さんはそのまま実家で暮らしているから、奏多も生まれたときからこの家にいる。

クリスマスのごちそうやケーキを作って頑張ったお母さんとおばあちゃんは、おじいちゃんが奏多を看《み》ているからいいよと言われて、部屋に行った。

おじいちゃんはすぐにいびきをかき始めたけど、お仕事で疲れているんだから仕方がない。おじいちゃんのいびきを聞いていたら、いつの間にか奏多もうつらうつらとしていた。寝たのか寝ていないのかわからないうちに、窓になにかがこつんと当たる音がして目を開けた。

「……なに？」

リビングの掃き出し窓の向こうで、電飾の光になにかが絡まっているようで、もごもごと動いていた。毎年おじいちゃんが奏多のために張り切って庭の植木も電飾で飾るから、とってもきれいなのだけれど。

動いているのは、猫か、子犬くらいの大きさのもの。もし庭に動物が紛れ込んでしまって電飾に絡まってしまったのなら、助けてあげないといけない。

隣のおじいちゃんを見ると、気持ちよさそうに眠っている。疲れてるのに、起こすのは可哀想《かわいそう》だなと思った。

体が熱いから冷たい空気に当たりたいと思ったのも手伝って、奏多は布団をそっと抜け出した。

ほとんど音も立てずに窓を横に開けると、奏多の唇から出た白い息がふわりと空中に浮かんだ。風はなくて、ひんやりした空気が赤いほっぺたを撫《な》でる。

しゃがんでみると、電飾に絡まっているのは、雪のように白いもふもふした毛玉だった。

「うさぎ……?」

幼稚園で飼っている白うさぎに似ていると思ったけど、もっとずっと丸い。

長い耳は体に沿ってぺたんと後ろに倒れている。手足はちょこんとしていて、これでどうやって歩くんだろうと思うほど短い。丸くて、毛が長くて、こんな生きものは絵本でも動物図鑑でも見たことがない。

強いて言うなら、半分に切ったボールにふわふわした毛が生えた、というような姿だ。

初めて見る生きものだけれど、ちっとも怖いと思わなかった。うなり声も立てないし、爪も牙も見えないせいだろうか。

毛玉は奏多に見つかって逃げようとしたのか、ころころと転がったけれども、余計電飾のコードが絡まってしまった。

「まってて、いまとってあげるから」

そっと毛玉に手を伸ばし、コードを少しずつ外していった。

白い毛の間から、赤くてつぶらな目が奏多を見ている。なんだか可愛《かわい》くて、安心させたくてにっこりと笑いかけた。

手のひらに触れる毛玉がふんわりと温かくなった。

「ほら、とれた」

やっとコードを外し終わると、毛玉はお礼を言うようにくるりと一回転してボールのようにぴょんと飛び跳ね、柵の向こうに消えてしまった。

「あ……」

毛玉は、ちゃんと家に帰れるのかな。

心配で少しだけ毛玉が消えた闇を見つめていたけれど、手足が冷えてきてしまったので窓を閉じて布団に戻る。

ぬくぬくした布団に潜り込むと、すぐに眠気が襲ってきた。

(けだま、おうち、かえれたかなぁ)

その夜は、白い毛玉と一緒に遊ぶ夢を見た。


――次の日にはすっかり熱が下がって、毛玉は奏多の夢だったのか本当にいたのか、もうわからなかった。

＊

海岸から歩いて五分。

濡《ぬ》れたビーチサンダルには、白い砂がたくさんくっついていて、地面を踏むたびに足の裏がちくちくした。太陽で焼かれたアスファルトの熱気が、奏多の足もとから上がってくる。奏多の髪から垂れたしずくがアスファルトに黒い染みを作り、すぐに渇いていく。

奏多は浮き輪を腕に通して肩にかけ、小走りで家へと急いだ。玄関の外についている水道で足を洗うと、冷たくて気持ちいい。

「ただいまぁ！　おばあちゃん、麦茶ー！」

玄関のドアを開け、中にいる祖母に元気よく声をかける。引き戸が開け放しになっているダイニングのビーズのれんから顔を出した祖母が、奏多を出迎えた。

「はいはい、おかえりなさい。スイカも冷えてるよ」

「やったぁ！」

奏多はビーチサンダルを脱ぎ捨て、祖母が手渡してくれた麦茶をひと息で飲み干し、風呂場へ急いだ。

ぬるいシャワーで髪と体をざっと洗い、タオルで体を拭いてエアコンの効いたリビングに入ると、真っ赤に熟れたスイカにかぶりつく。

「おいし〜！」

「食べすぎてお腹壊さないようにね」

口の周りに赤い汁をつけてうなずく奏多を、祖母はにこにこして見ている。奏多のあとからゆっくり歩いて帰ってきた祖父は、外でビニールボートを洗って壁に干し、やっと家に入ったところだった。

「じいちゃんにも残しといてくれよ」

「わかってるよ、おじいちゃん」

奏多が全部食べたって祖父も祖母も叱らないのはわかっているけれど、もちろんちゃんと残しておくつもりだ。

……ひとつくらい、余分に食べちゃうかもしれないけど。

そのときリビングの電話が鳴った。

祖母が出て、奏多を見ながら楽しそうにしゃべる。

「うん、うん、大丈夫。今日もおじいちゃんと海に遊びに行ったよ。明後日《あさって》にはあんたたちも来られるんでしょ？　そうめん？　いっぱいあるからいらないよ、手ぶらで来なさいな。天ぷら揚げとくから」

電話の相手は母だとすぐにわかった。

母は先月、交際していた同じ職場の人が本社に転勤になるのに伴い、再婚して東京に移り住んだ。小学校二年生である奏多ももちろん一緒に引っ越すのだが、夏休みの間だけ祖父母の家に残ることになった。

両親に少しの間だけでも二人きりで新婚気分を味わってもらうのと、奏多は転校してしまう前に友達と目いっぱい遊ぶために。

八月の半ばになり、明後日には母と新しい父が奏多を迎えに来る。東京に行ったら会えなくなる友達と、明日は虫取りに行く予定だ。

「おばあちゃん、明日の朝、マコトくんとタクヤくんと虫取りに行く約束したんだ。朝六時に起こして〜」

「はいはい、朝早いのねえ。ちゃんと起きなさいよ」

「わかってるよ」

向かいの家には奏多と同い年のマコトと二つ上のタクヤが住んでいて、特に仲がいい。しょっちゅう遊びや庭でやるバーベキューに誘ってくれるし、明日は早朝からカブトムシとクワガタを捕りに行く。タクヤはすごくカブトムシやクワガタが捕れる、秘密の場所を知っているという。

「おっきいの捕れたら、新しい家に持っていこっと」

新しい生活には、不安と期待が半分ずつくらいある。

友達との別れは寂しいが、お正月や夏休みにはこっちに戻ってくると母が言っているので、まだそれほど実感が湧かない。

東京に行けばテレビで見たテーマパークに連れていってくれるという。そうしたらタクヤとマコトにお土産《みやげ》を買おう。

スイカのごみを片づけて、新しい学校から渡されている夏休みの絵日記の宿題をテーブルに広げた。

絵日記は書くことに困らない。先週の夜にはみんなで花火をしたし、このあいだは自分で釣った魚を焼いてもらったし、浴衣《ゆかた》を着て近所の盆踊り大会にも行った。屋台で買った焼きトウモロコシはすごく美味《おい》しかった。

カブトムシかクワガタが捕れたら、明日はその絵を描こう。

引っ越しても毎年こんな夏休みがやってくるのだと安心して、奏多は海の色のクレヨンを手に取った。


早朝といっても、夏の朝はすでに日差しが強く、気温も高い。

午前六時三十分、祖母が買ってくれたメッシュキャップを被《かぶ》って、奏多はタクヤとマコトと連れだって歩き出した。

「あーあ、明日で奏多は引っ越しちまうのかぁ。つまんねえの」

マコトは麦わら帽子の後ろで手を組みながら、唇を尖《とが》らせた。タクヤもそうだよと言うようにうなずいた。

「まだ十五日じゃん。夏休み終わるまでこっちにいればいいのに」

「ぼくもそうしたいんだけど、来週には塾に通わなきゃいけないんだって」

新しいお父さんが、奏多が転校先の学校で最初からつまずかないようにと心配しているらしい。こっちでは塾になんか通っていなかったから、そこはちょっぴり不安だ。

「塾かよぉ！」

タクヤもマコトも勉強が嫌いで、一斉に頭を抱える素振りをした。

自分は勉強は嫌いではないけれど、やっぱり会えなくなる友達と遊べる方がいい。

奏多を気遣ってか、マコトがぱっと表情を変えた。

「あ、そういえば奏多、もうすぐ誕生日だったよな」

「うん、八月二十六日」

みんなが夏休みの宿題の追い込みでひいひい言っている頃だ。

「おっ、そうだ奏多誕生日じゃん！　じゃあ、今日は奏多のために絶対デカいカブト捕まえてやんないとな」

タクヤは張り切って、虫取り網を剣のように振り回した。

友達が別れを惜しんでくれるのが嬉《うれ》しくて、明日には発《た》たなければいけない寂しさが少しまぎれる。

「うん、また冬休みに来るからさ、今日は記念におっきいクワガタ捕まえようよ」

「クワガタ派かよ！　おれカブト！」

あははは、と三人で笑いながら、田舎道《いなかみち》を駆け出す。

ボディバッグを引っ張ったり、帽子を奪ったり、虫取り網で体をつついたりして遊びながら走っているうちに、盆踊りで来る山の麓の広場にたどり着いた。広場の奥の長い石段を上っていくと、山の中腹に大兎《だいと》神社がある。

兎の神さまと領主の姫さまの悲恋の伝説のある、この辺りではいちばん大きな神社だ。

「ここ？」

奏多が尋ねると、タクヤはへへっと自慢げに鼻を掻《か》いた。

「神社の後ろの小山《こやま》をもっと上っていくとさあ、すげえカブトとかクワガタ来る木があるんだ」

神社までは上がったことがあるけれど、その裏の山は入ったことがない。鬱蒼《うっそう》と木が生い茂っていて、雑木林になっているのだ。

小山と呼ばれるその山の後ろにはさらに大きな山があって、そちらは大山《おおやま》と呼ばれている。道路からも奥まった大山は深い森になっていて、住む人もいない。

神社まで登ると、小山は異次元の世界のように薄暗く見えて、二の足を踏んでしまった。奏多の迷いを見透かして、タクヤは安心させるようにニコッと笑った。

「だぁいじょうぶだって。おれ何回も行ってるもん。昨日だって、今日のために木の幹に蜜塗っといたんだぜ。絶対カブトかクワガタいるからさ！」

タクヤとマコトに手を引かれ、ためらいながらも奏多は足を踏み出した。

だって秘密の場所なのに奏多には教えてくれるのだ。奏多のために、昨日も来て準備してくれたという。そんな心遣いを突っぱねるなんてできない。三人で大きな昆虫が捕れたら、きっと素敵な夏休みの思い出になるだろう。

それに二人は何度も来ていると言っているから、そんなに怖くないのかもしれない。

タクヤのあとについて怖々と山道を登り出したが、だんだん慣れてくると、恐怖も薄れていった。

小山の途中にある祠《ほこら》に続く横木の階段を上り、草や枝をかき分けてさらに後ろの雑木林へ。

スニーカーで踏みしめる土の感触と、青い草の匂い。朝早いというのに、大音量で鳴く蟬《せみ》の声。アスファルトの上よりも空気が爽やかで、木や草花の呼吸を感じる。

子どもの罪悪感と緊張のどきどきがスリルと高揚に変わるのに、さほど時間はかからなかった。

(ジャングルを探険してるみたいだ)

枝葉をかき分けて進んでいると、そんな気分になった。

そう考えると、気持ちが大きくなってくる。猛獣に遭遇したらこう動いてやっつけようとか、図鑑にも載っていない珍しい植物を発見するんじゃないかとか。

本当に猛獣がいたりしたら逃げ出してしまうだろうけれど、いつもは怯《おび》えてしまうカミキリムシや大きなバッタは、今なら大丈夫だと思った。

「ほら奏多、あの木だ」

先頭を歩くタクヤが、息を切らしながら前方を指す。

タクヤの指の先を視線でたどると、高い木があった。近づいてみると、ごつごつした幹から甘酸っぱいような、強い匂いがした。

「クヌギだぜ」

聞いたことがある。カブトムシやクワガタが好む樹液を出す木だとか。そこにさらに蜜を塗ったというのだから、昆虫が寄ってこないはずはない。

「あっ、いた!」

マコトが枝を見上げて叫んだ。

枝の間には、平たいクワガタが下を覗《のぞ》き込むようにしてくっついていた。

「ノコギリクワガタだ！」

子どもたちのテンションが一気に跳ね上がる。

ちょっと小さいけれど、ノコギリクワガタなんて大物、めったに見かけない。奏多は目を見開いて、クワガタに釘《くぎ》づけになった。あれが捕れたらどれだけ嬉しいだろう！

「でも高くて網が届かないよ」

マコトが悔しそうに虫取り網を伸ばす。

「木ィ蹴ればいいんだけど、別の虫もいっぱい落っこってくっからな」

それは嫌だ。

木の裏側に回り込んだタクヤが、素っ頓狂な声を上げた。

「うわ、すげえ！　こっち来てみろよ！」

慌てて奏多とマコトが覗いてみると、木のうろに溜《た》まった蜜液に、数匹のカブトムシが吸いついていた。

「おれが蜜塗っといたんだぜ！」

タクヤが興奮して、鼻息を荒くする。

「マコト、かご開けてろ」

マコトが虫かごの口を開くと、タクヤがカブトムシを指でつまんで器用に中に放り込む。

「こうやって葉っぱも入れといてやると、カブトが安心するんだ」

タクヤはクヌギの葉を数枚ちぎり、虫かごに入れた。

「あとな、木の根もと。カブトは日が昇ると土の中に隠れたりするから、こうやってちょっと土が盛り上がってたり、色が変わって掘り返したみたいなあとがあったら、潜ってるかもしんねえ」

言われてみれば、周りの土と比べて少しもこもこしている。

スコップでそっと土を掘ってみると、本当にいた！　中型のカブトムシが、土の中でもがいている。

「すごい、タクヤくん！」

尊敬の目で見つめると、タクヤは気分がよくなったようだ。

「手分けして、誰がいちばんデカいカブトとクワガタ捕れるか競争しようぜ」

「うん！」

三人バラバラに、虫取り網とスコップ、虫かごを持って散る。

ルールは一人二匹まで。それ以上は逃がしてやる。一時間後にさっきのクヌギの木に集合。

心の底からわくわくした。

樹液が多そうな木のうろや根もとを覗き、土を掘り返したり葉の裏側まで見たり、夢中になって探した。

カブトムシを見つけては、さっきの方が大きかったとがっかりして、次はもっと大きいのを見つけるぞとさらに山の奥に分け入る。

そして――――。

「ノコギリ……？　え、もしかして……、ミヤマクワガタ!?」

外に向かって伸びた枝の分かれ目に、デパートの昆虫売り場でしか見たことのないような巨大なクワガタがとまっている。

最初に見たノコギリクワガタに形は似ているけれど、はさみの角度がちょっと違う。なにより、とても大きい。ノコギリでもミヤマでも、あれを捕まえられたら自分の一等は間違いなしだ。

あれが欲しい。もしタクヤかマコトが欲しがったら、友情の記念にあげてもいい。ううん、あげたい。たくさんの思い出をくれたタクヤとマコトに喜んでもらいたいから。

「捕れるかな……」

木はちょうど三メートルほどの段差の際に生えていて、枝は段差の下に向かって張り出している。下は木の根が出っ張っていたり笹の枝が茂っていたりして落ちたら危ないが、気をつければ問題ないだろう。木登りは得意である。

木を見上げ、足場の確認をする。

ごつごつした幹は曲がりくねっていてこぶも枝も多く、ちゃんと枝をつかんでいれば滑ることはなさそうだ。あそことここに足をかけて、あの枝をつかんで……。

（よし、いける）

奏多はひとつうなずくと、キャップのつばをくるりと後ろに回し、虫取り網を地面に置いた。

いちばん低い枝に手をかけると、それを揺さぶって木の強度を確かめる。ゆさゆさと揺れた枝はしっかりしていて、奏多の体重くらいでは折れそうもない。

「よっ……！」

体を引き上げ、木のこぶに足を乗せる。

うん、大丈夫。

体の軽い奏多は公園の木登りと同じく、するすると木を登っていった。目的のクワガタはかなり手を伸ばさないと届かない位置にいる。

枝の根もとにつかまって、できるだけ手を伸ばす。チャンスは一回。失敗すれば、クワガタは逃げてしまうだろう。

（そーっと、そーっと……）

奏多から見て後ろ向きになっているクワガタの尻に、指先がちょっと触れてしまったとき。

「あっ……！」

驚いたクワガタがくるりと枝にぶら下がり、そのまま落下した。

慌てて追いかけようとしたのは、反射的にだった。

「うわあっ！」

木の枝をつかんでいた手が滑り、体が投げ出される。

一瞬で全身を冷たい汗が覆う。枝に伸ばした手が、無慈悲に宙を掻いた。きらきらした太陽の光が、重なる緑の葉の間から目を射したと思った瞬間。

どんっ！

と背中に強い衝撃が走り、苦しさで息が止まった。同時に腹にびっくりするほど熱さが広がって、自分の前に広がる景色がかすれて揺れる。

「ぃ……、ぐふ……っ」

声を出そうとして咳《せ》き込んだ拍子に、どろっとした塊が口中に溢《あふ》れた。腹の熱さが恐ろしい痛みに変わり、くらりと意識が遠のく。

頭上から、誰かの驚く声が聞こえた。

「ひゃあああ！　かっ、奏多⁉　おいっ、おーい、聞こえるか、大丈夫かっ⁉　にいちゃん、にいちゃーん！　奏多が木から落ちて血が……っ！」

あれはマコト？　上から自分を見下ろしている。

聞こえるよ。でも痛くて返事ができない。呼吸が苦しくなってきた。手も足も動かない。

タクヤが大声で怒鳴った。

「奏多っ！　今、誰か大人呼んでくるから待ってろよ！　マコト、ここにいて奏多を見てろ！」

「ええっ、む、無理だよぅ、にいちゃん……！　一人にしないで、怖いよう……！」

マコトが泣きべそをかく。

自分はそんなにすごい怪我《けが》をしているのか。マコトが怯えるほど。

なんだか申し訳なくて、悲しくなった。ごめんね、怖がらせて。クワガタも逃げちゃった。

二人とも行ってしまったのか、とても静かになった。

あれ、でも虫の声も聞こえない。もしかして、音が聞こえなくなってるのかな。痛いのに、すごく眠くなってきた。だんだん暗くなってきたのは、夜になったから？　ううん、朝だったはずだ……、なんだかよくわからない。寒くなってきた……。

夏なのに寒い……、誰か、毛布――――。

ぽふん、と顔になにかが当たった。

頑張って目を開くと、ふわふわした白いものが自分の胸の上にあった。ボール状の、長い毛が生えた生きもの。

（毛玉……？）

確か、何年か前のクリスマスの夢に出てきた……、あれ、夢じゃなかった？

毛玉は寝かせていた耳をふわっと広げると、それを奏多の体に覆い被せた。すると、じんわりと温かくなる。寒かったから、その温かさがとても嬉しかった。

寒いときに鳥が羽を膨らませるみたいに、毛玉がぶわりと大きくなった。

と思ったときは、真っ白な男の人が奏多の体を抱き上げていた。

白くて長い髪を持つ、赤い目をしたきれいな男の人。でもそれが毛玉だと、奏多にはすぐにわかった。

「け……、だ……」

毛玉、と話しかけようとしたけれど、ちゃんと声にならない。しゃべろうとする側《そば》から声が空気になってしまうようだ。

「奏多……」

男の人に名を呼ばれ、なんだか懐かしい気持ちになった。あのクリスマスのときも、毛玉は自分の名前を呼んでくれたっけ？

白い男の人は痛そうに目を細めると、奏多の唇に自分の唇を押しつけた。

「ん……」

口の中に、なにか丸いものが転がり込んでくる。思わず飲み込むと、すうっと痛みが引いていった。

「は……」

急に呼吸が楽になった。冷えていた体中、手足の先にまで熱が広がっていく。

男の人は嬉しそうに笑うと、奏多の目を大きな手で覆った。ふいに眠気が襲ってきて、自然に目を閉じる。

手のひらが温かくて、心地よくて、どんどん眠りに引き込まれていく。

意識が黒く塗りつぶされる直前、男の人がもう一度奏多の名を呼ぶ声が聞こえた。

「奏多……、今度こそ幸せになれよ……」

毛玉の気配が空気に溶けて消えた気がした。

次に目が覚めたのは、病院のベッドの上だった。

「奏多！」

母が泣きながら奏多に取りすがる。奏多はぼんやりと部屋を見回した。難しい顔をした新しい父と、心配げな祖父母もいる。

「あれ、ぼく……」

虫取りをしていたんじゃなかったか。

「どこか痛くない？　お医者さまを呼ぼうね」

言われてやっと記憶が戻ってきた。クワガタを捕ろうとして木から落ちて……。

母がナースコールを押して看護師を呼び、奏多の目が覚めたことを伝えるとすぐに医師がやってきた。

ひととおり奏多の体を調べたり、体調や気分を聞かれたりした。

「どこもなんともありません」

落ちたときはすごく痛かったのに、どこにも怪我がないのが不思議だった。

奏多が答えると、医師は目を合わせながらゆっくりと尋ねた。

「奏多くんが木から落ちたとき、周りに誰かいたかい？　人でも、動物でも」

少し考えて、口を開いた。

「上から、マコトくんが声をかけてくれました」

「それ以外には？　落ちた先にはなにもいなかった？」

「？」

毛玉のことを言ってもいいのだろうか。あれは夢とかまぼろしみたいなものだと思うけれど。

奏多のためらいを見透かした医師は、やさしく促した。

「なんでもいいんだよ、覚えてることを教えて」

「えっと……」

記憶が途切れ途切れで、ちゃんと覚えているわけではない。

「白い毛玉が……、毛玉って、ぼくが幼稚園の頃、クリスマスのときに見たボールみたいな生きもので……。それが男の人に変わって、なにかをぼくに飲ませてくれて……」

医師は目をきらりと輝かせた。

「男の人。どんな？」

「……白い人。髪の毛も真っ白だった」

「おじいさんということ？」

「ううん」

奏多の新しい父は三十五歳らしい。あのときの男の人は、父より若く見えた。大人の年齢はよくわからないけれど。

「真っ白……。服装は？」

「服は覚えてない……。でも男の人は毛玉だから、白かったんだと思う」

「毛皮かな？」

「違うよ、男の人が毛玉なの。毛玉が男の人に変わったの」

医師は宥《なだ》めるようにうんうんとうなずくと、ちらりと母を見た。泣きそうに顔を歪《ゆが》めた母の肩を、父が抱き寄せた。

「そうか。じゃあ、またなにか思い出したことがあったら先生に教えて。お父さんお母さん、ちょっと」

医師が父母を伴って病室を出ていってしまうと、祖父母がためらいがちに近づいてきた。

「大丈夫、奏多？」

「うん」

どこも痛くないし、気分も悪くない。

祖母が痛々しげな顔をしながらベッドの横の椅子に座った。

「ちゃんと言っておけばよかったねえ、神社の裏の山は危ないから登っちゃいけないって。ごめんね」

「おばあちゃんのせいじゃないよ」

危ない木に登ったりした自分のせいだ。

祖母は奏多の頬を撫で、心から安堵《あんど》したように息をついた。

「兎神《うさぎかみ》さまに連れていかれなくてよかったよ……」

「うさぎかみさま？」

祖父はベッドの脇の冷蔵庫からジュースのパックを取り出すと、ストローを差して奏多に手渡した。

「のどが渇いているだろう」

「ありがとう」

言われてみれば、のどがからからだ。

奏多は口からストローを離すことなく一気に飲み切ってしまうと、ぷはあと息をついた。

祖母は空になったパックを受け取りながら、

「タクヤくんとマコトくんがすごく心配してねえ。退院したら、一度顔を見せてあげようね」

そうだ、タクヤとマコト。木から落ちた奏多が動かなくなって、とても心配しただろう。

「うん、びっくりさせちゃったから謝らないと」

「そうだね」

もしかしたら、毛玉のことを見ているかもしれない。聞いてみよう。

窓の外を眺めると、雲ひとつない青空が広がっていた。


検査のために数日入院して、祖父母宅に戻った。父は仕事があるので、ひと足先に東京に帰っている。

タクシーを降りて玄関をくぐる前、視界の端をなにかがよぎった。

「ん？」

なにか、小さな人間のようなものが塀の向こうにささっと隠れた。ねずみくらいの大きさだけど、直立して走っていたような気がする。

「どうしたの、奏多」

母に呼ばれ、奏多は慌てて振り向いた。

「なんでもない」

（……気のせいかな）

中に入ると、クーラーが涼しくてホッとする。

病院からすぐタクシーに乗って家の前まで来たから暑い中を歩いたわけではないが、それでも外に出た瞬間にシャツの中が汗ばむほどの気温だ。

奏多の体調を気遣って夏休みの終わりぎりぎりまで祖父母宅にいることになり、それから母と一緒に東京に移動する予定である。母は奏多のために入院中もずっとこっちにいてくれた。

クーラーの効いた部屋でごろごろしていると、祖母が声をかけてきた。

「奏多。タクヤくんとマコトくんが来たよ」

「えっ、ほんと。会いたい！」

飛び起きて玄関に迎えに出る。

タクヤとマコトはケーキの箱を手にし、申し訳なさそうにうなだれていた。後ろにはタクヤたちの両親も立っている。

タクヤたちも彼らの両親も、そろって深々と頭を下げた。

「このたびは、うちの息子たちが危ない場所に誘って申し訳ありませんでした」

「奏多くん、体はもう大丈夫?」

奏多は驚いて立ちすくむ。

なんでタクヤたちが謝るんだ?

「え……、と……、だ、だいじょうぶ……」

それしか言えない奏多の肩を抱いた母が、タクヤたちに顔を上げるよう促した。

「いえ、こちらこそご心配をおかけして申し訳ありません。結局怪我はなかったので、どうぞ頭をお上げください」

母が変にタクヤたちを責めずに安心した。だってタクヤたちはちっとも悪くない。母がケーキの箱を受け取り、タクヤたちを誘った。

「タクヤくん、マコトくん、よかったら上がっていって。もうすぐ東京に行っちゃうから、奏多と遊んでくれると嬉しいわ」

二人は顔を見合わせたあと、後ろに立っている両親を振り向いた。助けを求めているように見えるのは気のせいか。

両親にうなずかれ、二人はお邪魔しますと言いながらおずおずと靴を脱いで上がってきた。

なんとなくよそよそしい雰囲気を感じるのはなぜだろう？

二階の奏多の部屋には、テレビに繋《つな》ぐゲームが置いてある。

小さな折りたたみテーブルを出し、母の淹《い》れてくれた紅茶と手土産《てみやげ》のケーキを前に、二人は様子を窺《うかが》うような空気でいる。母は遠慮したのか、紅茶を置くと部屋を出ていった。

やがてタクヤが思い切ったように口を開いた。

「なあ、怪我ないのか？　すげえ痛そうだったけど」

「あ……、うん、どこもなんともない」

痣《あざ》どころか、すり傷ひとつない。

マコトが身を乗り出して、

「あんなに血が出てたのに？」

と言ってタクヤに小突かれ、「いてっ」と頭を押さえた。

「血？」

奏多が首を傾《かし》げると、タクヤは「それは言っちゃいけないって言われたろ」とマコトを睨《にら》みつけた。

すごく聞きたかったけれど、タクヤは怖い顔でマコトを見ているし、明らかに聞かれたくないことなのだとわかって、疑問を呑《の》み込んだ。

タクヤとマコトが、お化けでも見るような目で自分を見ていることに気づき、ぞくりと鳥肌が立った。

深く尋ねるのが怖くて、なんでもないふうを装って急いで立ち上がる。

「そうだ、ゲームやる？　こないだ出たばっかりの、誕生日プレゼントにおじいちゃんに買ってもらって……」

テレビの横に置いてあるゲームソフトの箱を引っ張り出したとき、奥に隠れていたものと目が合った。

赤子ほどの体の、目の大きな――――明らかに人間ではない生きもの。

「ひ……っ、ぎゃあああぁぁぁぁーーー……っ、っ、っ！」

大声で叫んで箱を取り落とした奏多の目の前で、異形はさっとテレビの後ろに隠れて消えてしまった。

2.

今日もじりじりと、凶暴な太陽が照りつけている。

「あっつ……」

奏多はまぶしい太陽の光に片目を眇《すが》めながら、コンビニ前に自転車を駐《と》め、私立高校の制服のネクタイの結び目に指を入れて緩めた。

せっかくの夏休みでも、登校日がある。休みに入っても規則正しい生活時間を崩さない奏多には朝起きるのは苦痛ではないが、年々亜熱帯に近づいているとも言われる気候の中、極力外に出たくはない。しかも奏多の高校は夏でもネクタイ着用なのだ。していない人が大半だけれども。

根が真面目《まじめ》な奏多は、どうしても規定の制服を崩せない。

こんな暑い日は、プールにでも行きたくなる。とはいえ、三年になっても友達もいない奏多はひとりぼっちで行くしかないのだが。

コンビニで涼みつつ炭酸飲料を買い、自転車に戻ったとき。

「うわっ！」

サドルにべったりと黒い影が張りついているのを見て、開けたばかりのペットボトルを取り落としてしまった。泡立った炭酸が、周囲にまき散らされる。

ちょうど通りかかった同じ学校の制服を着た生徒たちが、いぶかしげに奏多を見ながら通り過ぎた。小声でひそひそと、「ほら、一組の……」「ああ、あの変なやつ」と会話する声が聞こえる。

彼らの視線から隠れたくなって、奏多は背を丸めて地面に落ちたペットボトルを拾った。自転車を見れば、サドルにはもう黒い影は見えなかった。

（またか……）

それでも気味が悪くて、自分の自転車をしばらく遠巻きに眺め、変なものが戻ってこないか充分に確認してからおそるおそるハンドルに手をかけた。

自転車に乗って家に帰る道すがら、奏多はため息をついた。

奏多が変なもの——多分、化けものとか異形とか言われるものだろうと思う。それらに遭遇するようになったのは、小学二年生の夏休みに木から落ちて入院してからだ。そういえばちょうどこのくらいの時期だった。

異形は頻繁にあちこちで見るわけではないが、まさに神出鬼没、ふとしたときに場所も時間も問わずに現れるから、心臓に悪い。

みんなが通る道の真ん中に化けものが立ちはだかっていて、慌てて逃げ出して周囲の人に不審な目で見られたこともある。

姿形、大きさも様々で、中には可愛らしいぬいぐるみのような外見をしたものもいるけれど、正体のわからない生きものだと思うと恐ろしい。可愛い顔をして、油断した奏多を食べてしまうかもしれないのだ。

今のところ実害があるわけではないが、蛾《が》や蜘蛛《くも》と同じように、そこにいるだけで怖い存在なのである。

こんなものが見えるようになったせいで、徐々に奏多の周りからは友達がいなくなっていった。それはそうだ。奏多だってもし自分じゃなかったら、そんなことを言われたら気味の悪い子だと思うだろう。

おかしなことを口走って怯える奏多に母は困惑し、医師に相談したりカウンセリングに連れていったりした。事故の後遺症で幻覚が見えるのではとか、心因性のものでいずれ治るだろうとか言われたが、十年経《た》った今も治る気配はない。

最初は宥めてくれていた母も、やがて疲れて怒りや泣き顔に変わっていき、奏多はついに口に出せなくなった。父は最初からあまり真剣に取り合ってはくれないが、やはり気味の悪い子だと思っているのをひしひしと感じる。五年前に妹が生まれてからは、余計に奏多に向ける視線が冷たくなった。妹は可愛いけれど、奏多は家の中でも常に居場所のなさを感じている。

祖父母は奏多の言うことを真面目に聞いてくれたが、離れて暮らしているので頻繁に会えるわけではなかった。受験勉強をしつつ、祖父母のいる田舎に戻ってあちらの大学に通いたいと思うこともしばしばである。

「あーもう……、普通になりたいなぁ……」

このままでは友人はもちろん、恋人も就職も、できても長続きする気がしない。大学生活もひとりぼっちで過ごすのかと思うと憂鬱だ。

高く青い空を見上げ、どうか化けものが見えなくなりますようにと、どこにいるか知れない神さまに祈った。

*

「おじいちゃんが亡くなった?」

母に聞かされ、奏多は椅子から腰を浮かせた。

「そうなのよ、買いものから帰ってきたおばあちゃんが見つけて……」

祖父はテレビをつけたまま、リビングで横になって倒れていたという。すぐに救急車で病院に運ばれたが、医師の尽力も及ばず息を引き取ったという。

「お父さんが帰ってきたらすぐに行くから。あんたも支度して」

母は慌てて部屋を出ていき、奏多は呆然《ぼうぜん》と椅子に腰かけ直した。

机の上に飾った祖父母と一緒に撮った写真に目をやると、祖父との想《おも》い出が次々に浮かんでくる。

海でボートに乗せてくれたり、海岸でバーベキューをしてくれたり、釣りを教えてくれたりした。奏多の大好きなおかずを分けてくれ、わがままを言ってもいつも奏多の味方だった。

毎年長い休みに祖父母の家に行くのが楽しみだったけれど、小学校高学年からは塾の夏期講習や宿題に追われ、だんだん日数が減り、受験で行けない年もあった。今年もまだ顔を出していない。

「おじいちゃん……」

写真の中で笑う祖父に声をかけたら、胸の奥にぎゅうっとこみ上げるものがあった。

祖父の葬儀は、町の斎場で行われた。

奏多は家族とともに親族席に座り、参列者に会釈を繰り返す。両親ともに一人っ子で父方の祖父母はすでに亡く、親族席は寂しいものだったけれど、長年地元に住んでいた祖父の葬儀には近所の人が大勢来てくれた。

「あ……」

タクヤとマコトが、両親に連れられてやってきた。彼らの姿を見ると、いまだに胸がちくんとする。

あれ以降、奏多がこちらに来ても遊ばなくなってしまったが、向かいの家なので姿は何度も見ている。

奏多と同じ高校三年生のマコトは学生服、大学生になったタクヤは黒いスーツだ。二人は親族席に軽く頭を下げ、順に焼香台に向かう。

最後にちらりと奏多を見た目に同情が溢れていて、形だけではなく悼《いた》んでくれているのだとわかって、ほんの少し気持ちが慰められた。

通夜振る舞いの席では、タクヤが声をかけてきた。

「久しぶり。……こんな機会になって残念だけど」

「うん、久しぶり。来てくれてありがとう」

大学生になったタクヤの声は、低く落ち着いていた。顔つきも所作も、わんぱく坊主といった印象の小学生のときとはまるで違って、大人びている。

「悪かったたな。毎年来てたのは知ってたけど、なんか顔合わせるの気まずくて避けちまって……。あれからどうよ?」

変なものが見える、などと言えるわけがない。

「変わりないよ」

笑ってみせると、マコトもタクヤの後ろから顔を出した。

「マコトくんも久しぶりだね、今日はありがとう」

マコトはばつが悪そうに、少し上目遣いに奏多を見る。

「じいちゃん、気の毒だったな。すげえ親切にしてもらった」

それから話題に困ったのか、制服に話題を移す。

「奏多んとこの制服のネクタイ、私立って感じ。おまえには似合ってるけど」

夏なので上着は着ていないが、マコトの高校はおそらく学ランだろう。奏多の通う高校はエンブレムがついたチャコールグレーのブレザーに、ネクタイは冬はストライプの入ったえんじ色、夏は緑がかったブルーに変わる。女子の制服が可愛くて人気の、そこそこの進学校だ。学生の間は、冠婚葬祭が制服で済むのがありがたい。

「ありがと。夏は暑いんだけどね」

それから二言三言言葉を交わし、また会おうと言って二人は両親とともに帰っていった。

他に話す相手もおらず、奏多はぼんやりと周囲を見回した。涙ながらに祖父の想い出話を近所の人と語る祖母が気の毒で、胸が痛んだ。

(もう一回、おじいちゃんと釣りしたかったなぁ)

そう思いながら、祖父の好きだった里芋の煮物をひと口囓《かじ》った。

「じゃあ、悪いんだけど奏多、おばあちゃんをよろしくね」

「お母さんたちも帰り道気をつけて」

奏多は帰宅のために車に乗り込む両親と妹に手を振った。

仕事のある父は家に帰らなければならない。父と五歳の妹の面倒を見るために母も一緒に戻る。まだ祖母を一人にするのはしのびない奏多が、夏休みの間はこちらに残ると申し出た。

塾の夏期講習も残っているが、こんな状況だから、母も反対はしなかった。その方が寂しくなくて祖母も気が紛れるだろうと。母も心配なのだろう。

祖母と一緒に車を見送ってから家の中に入る。

祖父がいないと思うと、家がしんと静まり返っている気がした。二人でいてもこうなのだから、祖母を一人にしなくてよかったと思う。

祖母がお茶を淹れてくれ、祖父の写真を前に二人で座った。

「奏多、ありがとうね」

「ううん、おばあちゃんも疲れてるでしょ。買いものとか必要だったら言ってよ」

料理の手伝いはできないが、買い出しや掃除くらいなら自分も手伝える。

「ありがとうねえ」

礼を繰り返した祖母は、そのまま祖父の写真を見て黙り込んだ。

静かな時間が流れる。

祖母は明るかった祖父との想い出を反芻《はんすう》しているのだろう。自分も、あれこれ思い出しては追憶にふけった。

「奏多……、まだアレは見えるの？」

祖母が口を開き、どきりとした。アレとは奏多に見える異形のことだ。最近はあまり祖父母に電話することもなくなっていたので、しばらくぶりに話題に出た。

「まあ……、そんなに頻繁にじゃないけど」

ただでさえ気落ちしている祖母に負担をかけたくなくて、曖昧な言い方をする。

祖母は奏多の方に向き直ると、やけに真剣な目をした。

「あんたにはちゃんと話しておかなきゃと思ってたんだよ。あたしもいつあの世からお迎えが来るかわかんないし。あのね……」

続いた祖母の話に、奏多は衝撃を受けた。

「うそ……」

「本当だよ。服はお母さんが処分しちゃったけどね」

奏多は片手で自分の口を覆い、必死に記憶を探った。

祖母曰《いわ》く、神社の裏山で奏多が木から落ちたとき、奏多のシャツと周囲の地面に血の痕跡があったという。しかもシャツの前後には、なにかで貫いたような大きな孔《あな》が開いていたのだとか。普通に考えたら、落ちた先で尖った木の根かなにかが奏多の腹を貫通したというようなあとだったそうだ。それでいて奏多には傷ひとつなく、医師も警察も首をひねったという。

結局事件性は認められず、奏多の口もとに血液が付着していたことから、口から吐いた血がどうやってか服についたのではないかという結論に落ち着いた。不可能には違いないが、それを覆せる理由が見つからなかったのだ。

その後の検査でも内臓や口内に異常は認められなかったらしい。まだ幼い奏多には知らせないようにしようということで、事故は内々に処理された。

「なんで……、今、それをぼくに教えてくれるの……?」

ショックから、喘《あえ》ぐように祖母に尋ねる。

「あんたの事故があった日と、おじいさんが亡くなったのが同じ日ってのが、なんかの符号みたいに思えてね」

ちらりとカレンダーを見る。今日は十八日。祖父が亡くなったのは十五日だ。

「それに自分自身のことは知っておいた方がいい。あんたのお母さんは、この話するの嫌がるだろ？　今しか機会はないと思ってさ。あたしとおじいさんはね、あれが兎神さまの仕業だって知ってたんだ」

「……兎神さまって？」

途端に話がオカルトじみてきて、百年前の田舎にタイムスリップした気になった。祖母は祖父が亡くなったショックで混乱しているのだろうか。

祖母は真面目な顔でうなずいた。

「うさぎの神さま……、土地神さまってやつだよ。あの神社のある山には、昔から神さまが住んでるんだ。あんたの怪我が消えてなくなったのが、その証拠だよね。きっとあやかしが見えるようになったのも、兎神さまの力に違いない」

「え……」

あの事故から変なものが見えるようになったことを考えると、祖母の言うことを信じる方に気持ちが傾いた。

「おばあちゃん！　ぼく、どうしたら化けもの……、あ、あやかし？　が、見えなくなるかな？　本当に困ってるんだ、助けて！」

藁《わら》にもすがる思いで、子どものように祖母の袖をつかんだ。

祖母はうんうんとうなずきながら、奏多の腕をぽんぽんと叩《たた》く。

「もう一度兎神さまのところへ行っておいで。あたしには方法はわからないけど、兎神さまなら、なんとかしてくれるかもしれない」

「兎神さまなら……」

突然目の前に降って湧いた希望に、奏多の胸が大きく鼓動を打つ。

兎神に会うなんて突拍子もないこと、可能性はゼロに近いが行ってみるしかない。奏多の人生がかかっているのだ。

「おばあちゃん、ぼく、明日行ってみるよ！」

「山の奥は崖になってる部分もあるからね。気をつけて行くんだよ」

祖母は奏多の手を取り、成功を祈るようにぎゅっと握りしめた。


事故以降、広場の盆踊りには来ていても、神社に続く石段より上には足を向けたことがなかった。奏多が事故のあった場所に行くのを父母が嫌がっていたし、自分にとっても友達と疎遠になってしまった悲しい想い出があるから。葬儀でタクヤとマコトと話せて、やっと悲しみは消えたけれど。

日に灼《や》かれて白く燃えるような石段を上り切ると、汗でべったりとシャツが肌に張りついた。山に分け入ることを考えて、フルレングスのデニムに薄い長袖のシャツを羽織っている。

「ふう」

額の汗を拭い、神社を見回す。案内板には、いつか聞いた兎神と姫さまの悲恋が絵つきで描かれていた。

深い緑に蟬の声だけが響き渡る。人の気配がなくて、少し怖くなった。まるで異世界に踏み込んで、人間は自分一人になったような……。

久しぶりに見る大兎神社は、記憶よりかなり古ぼけていた。

確か、神社の斜め後ろに横木を渡した草ぼうぼうの階段があって、そこから裏山に登れたはずだ。途中に小さな祠があって、そこから先はもう道ではないけど、草木を分けてクヌギの木まで登っていった覚えがある。

「よし」

奏多は神社をぐるりと回ると、横木の階段を登り始めた。

本当に兎神がいるのかわからない。でもほんのわずかでも可能性があるなら。

「白い男の人がいたっけ」

誰の声も聞こえないのが怖くて、一人で呟《つぶや》いてみる。

思い返してみれば、あれが兎神なのかもしれない。真っ白で、人間とは思えなかった。

顔立ちははっきりとは覚えていないが、とても整っていた印象がある。

奏多の夢か幻覚でないのなら、もう一度会ってみたい。そして……。

「うわ……」

口移しでなにかを飲まされたことを思い出し、顔が赤くなった。思わず自分の唇を手で覆って隠す。

別にキスをされたわけじゃない。きっと、奏多を助けるなにかを飲ませただけなのだ。奏多の推測が正しければ。

そう思うのに、うっすら唇が熱くなっていく。勝手に照れくさくなって、上唇を舌で湿した。汗のしょっぱい味わいが舌先をつんと刺激する。

「ていうか、ほんとにあの人が実在するかもわかんないし……」

口に出すと、ふっと存在が消える気がした。

言霊、という言葉を思い出し、ふるりと首を横に振る。

「いる。絶対いる。会って、もとの体に戻してもらうんだ」

拳を握りしめて周囲を見回したとき。

がさっ！　と背後から大きなものが移動する音が聞こえて、驚いて振り向いた。少し離れた場所に人影を認め、一瞬心臓が止まりそうになる。

「お……どろいた……」

奏多はどきどきと鳴る心臓を押さえて深呼吸した。

男性らしい後ろ姿は、作務衣《さむえ》を着ている。

こんなところに人が、と思わないでもないが、別に人里離れた山奥というわけでなし、以前の奏多たちのように虫取りに来ているのかもしれない。いや、もしや作務衣ときたら山の管理をしている社務所の人という可能性もある。

むしろ勝手に山に入って怒られるんじゃないかと思い、一応声をかけてみることにした。出ていけと言われたら今日は諦めるしかない。運がよければ、あの白い男の人について情報がもらえるかも。

「あのー、すみません、勝手に入って。ちょっと探しものをしてるんですが……」

「探しもん？」

男性は振り向かずに答える。

こちらを向かないことに違和感を覚えながら、離れた場所から声をかけ続けるのは失礼かと、枝葉をかき分けて男性に近づいていった。

「探しものっていうか、以前ここで見かけた男の人を探してて……」

奏多が近づいていくのに、男性は振り向かない。

変だ、と気づいて足を止めたときは、すでに三メートルほどの距離に来ていた。

「その男の人いうんは……」

心の奥底がざわりと揺れるような、なんだか聞き覚えのある懐かしいフレーズ。

男性がゆっくり振り向く。

「こないな顔やったやろか？」

ひゅ……っ、と奏多ののどが音を出した。

「うわっ……、うわあぁぁぁぁ――――…………っ！」

男性には、顔がなかった。

つるりとした顔面に、多少の凹凸があるだけののっぺらぼう。

奏多は大声で叫ぶと、踵《きびす》を返して逃げ出した。のっぺらぼうが下にいたので、反射的に山の上の方に。

今まで化けものと遭遇したことはあっても、言葉を交わしたことはない。不自然な生きものがいれば、目をそらして逃げてきたから。

「待ってえなあ」

「ひいっ！」

のっぺらぼうが追いかけてきて、涙目で駆け続けた。化けものに追いかけられたことも、もちろんない。彼らは奏多に見つかれば逃げてしまうか、奏多の方が気づかれないようそっとその場をあとにしたから。

なのにどうしてこいつは追いかけてくる⁉

もっと速く、もっと遠くに行かないと追いつかれる！

落ち葉で足を滑らせ、危うく転びかけた。バランスを崩した拍子に振り向くと、ほとんど手を伸ばせば捕まえられそうな距離にのっぺらぼうがいる。

「そっちはぁ……」

「いやだああああ……っ！」

奏多のシャツをつかもうとしたのっぺらぼうの手を避け、目の前に張ってあるロープをくぐり抜けて茂みに飛び込んだ。抜けた先は——。

「えっ……」

駆け足状態のまま、足が空を切る。

地面がなくなった心許《こころもと》なさに頭が追いついていないうちに、奏多の体は真下に向かって引っ張られていった。

口を叫びの形に開けたまま、悲鳴も上げられない。おもちゃみたいに、手足が空気を掻いている。目に映るのは岩肌と、こんもり茂った木の葉の緑。

——山の奥は崖になってる部分もあるからね。気をつけるんだよ。

祖母の言葉が耳の奥にこだまする。

（ごめん、おばあちゃん、ぼく……）

そんなふうに頭の中を駆け巡ったのは、もしかしたらほんの一秒くらいの間だったのかもしれない。

死を意識したとき、突然ふわっと体が浮き上がったと思うと、ぐっと抱き寄せられる。奏多を腕に抱いたなにかは、岩肌を足で蹴ると、草の上に着地した。

地面に下ろされ、上半身だけ支えられる奏多の顔に、ふぁさりと長い毛が触れる。

どうやらたくましい男性の腕に抱きかかえられているのだと気づいた瞬間、雷のような怒鳴り声が耳をつんざいた。

「ばっっっっっかやろう!!! 死ぬ気か!」

「ひょえっ」

あまりに近くで怒鳴られ、思わずおかしな声が出た。

目をちかちかさせながら声の主を見上げると、真っ白な髪を持つ仏頂面の男が奏多を見下ろしていた。

「何度死にそうになったら気が済むんだ! いつでも助けられるわけじゃねえんだぞ!」

奏多を覗き込む男の表情は険しく、だが瞳には心配と安堵が溢れていた。その顔立ちに、木から落ちた事故の記憶がよみがえる。間違いなくあのときの男性だ。十年前と同じくらいの年齢に見えるが、それこそが彼が人間ではない証《あかし》だろう。

「あ……の……、ご、ごめんなさい……」

兎神と思《おぼ》しき男は、忌々しげに高い崖を見上げた。奏多もつられて自分が飛んだ崖をちらりと見上げ、その高さにあらためてゾッとした。

飛び出す手前にあったロープは、落下防止のものだったに違いない。のっぺらぼうに追いかけられ、なにも考えられずくぐってしまった。

のっぺらぼうからも落下からも助かったのだと思うと、遅れてきた恐怖が体中を駆け抜けて男にすがりついた。

「こ……、怖かった……」

下半身から力が抜けて、脚全体が自分のものではないようにがくがく震えた。

兎神は軽く舌打ちすると、意外なほどやさしく奏多を抱き寄せた。泣いた赤子をあやすように抱いた背をぽんぽんと叩く。

「ああ、怖かったな。怒鳴って悪かった。間に合ったんだからもういい、どっか痛いとこあるか?」

小枝で引っかいた小さなすり傷はあるけれど、安堵に呑み込まれて気にならなかった。首を横に振ると、ぎゅっと抱きしめてくれる。温かい体温とたくましい腕に包まれて、守られている気がした。

兎神は、ゆっくり奏多の背を撫でている。しばらくそのままでいて落ち着いてくると、だんだん羞恥がこみ上げてきた。

こんなに他人と密着するのは通学のすし詰めバスくらいだし、抱きしめられるのなんか子どもの頃以来だ。

「あの……」

そろそろ、と言おうとしたとき、兎神の手が奏多の腰から下——臀部《でんぶ》に移動した。

大きな手は、奏多の尻の片側を力強くつかむ。

「ちょ……！」

慌てて体を離そうとするが、兎神の腕はがっちりと奏多を抱いて逃げられない。なんとか上半身だけわずかに浮かせて至近距離で見た男の顔は、美味《うま》そうな獲物を見る獣のように舌なめずりせんばかりの笑みを浮かべていた。

「食べ頃に育ったな。美味《おい》しく食ってやる」

ザッ！　と音を立てて血の気が足もとまで引いた。

自分はなにを油断していたんだろう。彼だって、どう考えても人間ではないのに！　のっぺらぼうと食料を奪い合いされただけだったのだ！

「離してください！」

力の限り押しのけようと試みても、びくともしないどころか、兎神の手は奏多の尻をつかんだり撫でたりして感触を楽しんでいる。

「もうちょっと肉ついてた方が俺好みなんだが」

食べる部分が少ないと。

「た……、食べても美味しくないですから！　食べるとこないし……！」

せいぜい煮込んでスープの出汁《だし》になるくらいだが、それはそれで全力で拒否したい。

兎神の端整な顔を両手でぐいぐい押しのけると、手首をつかまれて凄《すご》まれた。

「暴れんな。二回も命助けてやったろ？　おとなしく食われろ」

「やだーーーーーっ！」

叫んだとき、太い声が割り込んできた。

「おおーい、無事やったかぁ」

振り向けば、道を回り込んで崖を降りてきたのか、のっぺらぼうが手を振りながらこっちに走ってくるところだった。

「ぎゃっ！」

首を絞められたカラスのような悲鳴を上げ、慌てて兎神の腕の中に隠れようとする。

（違う、こっちもダメだって！）

混乱して、もうどうしていいかわからない。

どっちにしろ化けものに食べられてしまうのだと、諦観で頭がくらくらした。

どこで呼吸をしているのか、のっぺらぼうがはあはあと息を切らせながら二人の側まで走ってきた。両膝に手を置いて、ふぅ、と息をつく。

「いやあ、崖から飛び降りはったときはびっくりしたわぁ。モフリーノせんせがおってくれてよかった」

「おまえが驚かせるからだろうが。自覚しろ」

「すんまへん、人間に声かけられたん久しぶりやったんで反応してもて……」

のっぺらぼうは兎神にぺこぺこと頭を下げ、奏多を覗き込む。

「悪おしたなぁ、怪我しいひんかったやろか」

怖かったけれど、二人のやり取りがどこか長閑《のどか》に聞こえて、ごくりと唾を飲み込んでから息を吐いた。

怪訝《けげん》な眼差《まなざ》しを向ける奏多に、のっぺらぼうは自分の後ろ頭をぺちんと叩いて体を起こした。

「ほんま、かんにんしてなぁ、えらいびっくりさせてしもて。あんた、あやかし見えるんか。きょうびめずらしおすなぁ」

語尾を伸ばすゆっくりとしたしゃべり方が、若干奏多の緊張を解いた。

「あやかし……、なんですか?」

「まあ見てのとおりどす。あんたもこないな人間がおるとは思てへんやろう」

それはそうだ。

「でも……、ぼくを食べる気じゃ……」

「まっさかぁ！」

のっぺらぼうは顔の前で手を横に振って否定した。

「そもそも口がおへんのにどっから食べますのん？」

それもそう……、なのか？

じゃあ、と抱かれたままの兎神をちらりと見上げ、弾《はじ》かれるように体を離した。が、ややすやすと手首をつかまれて引き戻されてしまう。

「離してくださいっ！」

「なんで逃げんだよ」

「たっ、食べられたくないからに決まってるじゃないですか！」

のっぺらぼうに害がないとわかれば、奏多を食べると言った兎神の方が危険だ。

「ぼくなんか食べなくたって、もっと美味しそうな肉がいくらでもスーパーで売ってるでしょう!?　なんなら買ってきますから助けてください！」

兎神とのっぺらぼうが顔を見合わせ、一瞬ののちに二人で大爆笑した。兎神は奏多の手首をつかんだまま、体を二つに折ってげらげらと笑う。

「なっ……、なんだおまえ、飯にされると思ったのかよっ！」

「あ……、あかんあかんせんせ、笑わはったら可哀想おすえ、純情なお子どっしゃろさかい……」

「おまえだって笑ってるじゃねえか！」

のっぺらぼうは肩を震わせている。

え、え、と奏多は二人を見て、ようやく兎神の〝食べる〟が性的な意味の方なのだと悟った。

自分の勘違いの恥ずかしさと、そういう目で見られたというういたたまれなさで、奏多の顔にみるみる血が上る。

「ちょ、ちょ、ちょっと待ってください、ぼく、こう見えても男ですし……」

幼い頃から可愛らしい顔立ちと言われ、人に馴染《なじ》めないせいで団体行動の多い運動部やスポーツ活動もしてこなかった奏多は、華奢《きゃしゃ》で中性的ではあるけれど。さすがにこの歳《とし》になると女の子と間違われるほどではない。

兎神はにやにやと笑いながら、奏多の桜色に染まった耳たぶを指でつまんだ。

「ま、女とは思わねえけど？　男でいけねえことあるのかよ」

のっぺらぼうが口を挟む。

「長う生きたはるせんせは男色も女色も嗜《たしな》んではるさかい、お任せしはったら気持ちようしてくれますえ」

「いえいえいえいえいえ、遠慮します……っ！　結婚前にそんなこと……！」

そんな世界知りたくない！

「堅《かて》ェこと言うな、極楽に連れてってやるから」

「極楽って死んじゃうみたいで嫌です！」

「じゃ天国でいいよ、うるせえな」

「そんな適当な！」

暴れる奏多と押さえつけようとする兎神とのやり取りを眺めていたのっぺらぼうは、笑いを堪《こら》えながら取りなした。

「まあまあ、せんせも坊ちゃんも。とりあえずもっと涼しいとこに行かはりまへんか。ここは暑うて敵《かな》いまへん」

暑さなど吹っ飛んでいたが、言われたら急に気温と湿気が戻ってきた。しかも男と密着しているのだから、暑苦しいことこの上ない。

「それもそうだな」

兎神は奏多の手を引いて立ち上がり、服の汚れを簡単に払った。奏多は初めてはっきりと見る兎神の姿をまじまじと観察する。

兎神は狩衣《かりぎぬ》というのだろうか、やけに古風な和服を着ている。テレビで見た陰陽師とかが着ているアレだ。

白く長い髪を持っていると思っていたが、よく見ればそれだけではなく、白い毛に覆われたうさぎの耳状のものがぺたんと髪のように垂れ下がっていた。

（いたな、こんなうさぎ……）

いつだったか母が飼いたいと画像を見せてくれた、ロップイヤーというウサギを思い出す。髪の毛よりもふわふわしていてやわらかそうで、ちょっと触ってみたくなる。さすが兎神というだけのことはある、と思った。

「なんだ、俺に興味あるか」

兎神は奏多の視線を色気の滴る笑みで受け止めた。

恋愛ごとにはいっさい縁のなかった奏多には、居心地の悪くなる空気だ。

「そういうわけじゃないですけど……」

「でも俺のこと探してたんだろ？」

言われてハッと思い出した。そうだった！

半信半疑というより、可能性はゼロに近いと思っていたのに、本当に会えたこのチャンスを逃すわけにはいかない。

「あの……っ、兎神さまですよね！　ぼくの体、もとに戻してください！」

「兎神なんて名前じゃないんですか？」」

「……兎神さまじゃないんですか？」

希望が手からすり抜けた気がして、心臓がどくんとした。

「そういう呼び方、あやかしさんて呼ばれるのと同じで好きじゃねえんだよな。おまえだって人間くんて呼ばれると変な気するだろ」

「あ、そういう……？」

個人名で呼んで欲しいということか。

「じゃあ、お名前を教えてもらっていいですか？」

「モフリーノ」

「モフ……？」

和風な外見とまったく釣り合わず、不躾《ぶしつけ》にも上から下まで見てしまった。モフリーノと名乗った兎神は、後ろ頭をばりばり掻きながらどうでもよさげに続ける。

「昔使ってた名前が使えなくなったから、新しくつけなおしたんだよ」

昔使ってた名前ということは、本名ではなく通り名みたいなものだろう。

それにしても、と違和感に首を傾げていると、横からのっぺらぼうがにゅうっと顔を出した。

「モフリーノせんせの名前は、せんせのとこの生徒ちゃんらが、やらこい響きのがええいうて考えはったんどすえ。せんせ男前やけど、話し方やら乱暴でちょっと怖おすやろ。怪盗モフリーナいうアニメがおしてなあ。あれから取って」

怪盗モフリーナは真っ白でふわふわの犬を擬人化した、主に女の子に人気の子ども向けアニメである。絵本やグッズもたくさん出ている。

モフリーナは女の子だから、兎神はモフリーノ。名前というより、あだ名と思っておけばいいかもしれない。可愛いと言えば可愛いが、大人の男がそれでいいのか。

奏多の疑問を見透かしたように、兎神は興味なさげに鼻を鳴らして腕を組んだ。

「前の名以外ならなんでもいいんだよ」

本人がそう言うなら、それでいいのだろう。

「じゃあ、あの、モフリーノ……先生？」

「おう」

神さまなのに先生というのも気になるが、自分にはもっと気になる用事がある。

「ぼくの体をもとに戻してもらうわけには……」

「もとの体って？」

「あやかしとかが見えないようにです」

兎神は奏多の表情の変化を探るようにしばらく見つめていたが、やがてふいと顔をそらした。

「なんで俺にできると思う」

「えっ、できないんですか⁉」

「さあなぁ」

これではできるのかできないのかもわからない。

彼が唯一の希望なのだ。焦りから、声が大きくなった。

「真面目に話してください！　ぼくにとっては真剣な悩みなんです！」

兎神は不満げに奏多を横目で見て、はっ！　と短く息をついた。

「人間ってえのは、自分の要求ばっかりしてきやがる。俺がそれをする見返りはなんだ？　助けてやった礼も聞いてないのに」

自分の失礼を指摘され、羞恥で全身が熱くなった。

動転していたとはいえ、言われるまで気づかないなんて完全に自分が悪い。

「す……、すみません……。あの、助けてくれてありがとうございました。お……」

お礼はまたあらためて、と言いかけ、体を要求されたことを思い出して言葉に詰まる。

兎神を見つめたまま、次の言葉が出なくなった。

相手の要求は呑みたくない、でも願いは叶《かな》えて欲しいでは、彼の言うとおりあまりに図々しい。高校生の奏多が出せるものなどなにもないのに。神さまは無条件で願いを叶えてくれる存在だと勝手に思っていた。

ならばこのまま一生あやかしに怯える人生を歩むしかないのか……、と思ったら、恐怖と絶望でじわりと涙が滲《にじ》んだ。

慌てて手の甲で目もとを拭い、鼻を啜《すす》る。

我慢しているつもりでも、自分の未来の暗さに急速に絶望感がこみ上げて止まらない。

「ごめ……、なさ……、ど、していいか……、わからなくて……」

幽霊が見えたりする人間と同じで、見たくないものが勝手に目に入ってきてしまう。正体の知れないものはただただ怖くて、いつまで経っても慣れたりなんてできない。だからといって対処法もわからない。あやかしに対してなにができるわけではないのだ。ただ怯えるだけ。

しゃくり上げる奏多に、兎神は深くため息をついた。

「そんな泣かれたら手ぇ出すわけにいかないだろうが。そこまで悪趣味じゃねえよ。仕方ねえなぁ」

ぽふ、と大きな手で頭を撫でられる。

「じゃ、俺の仕事手伝えや。一週間でいい」

「……仕事？」

涙で濡れた目で、奏多は兎神を見上げた。

「これから俺の住処《すみか》に連れていくから、一週間留守にするって家族に伝えとけ」

「無理です、そんな……」

高校生が一週間も家を空けたら、捜索願いを出されてしまう。

兎神はばかにしたような目で奏多を見た。

「あれもできない、これもできない。おまえは本当に真剣にもとの生活を取り戻したいのか？　なにも差し出さずに自分の要望だけ通すなんざ、人間同士だってできねえぞ。おまえはもう小学生のガキじゃない。言い訳探してばっかじゃなく、努力することも覚えろ」

正論すぎて、なにも言い返せない。

自分は逃げてばかりだった。怖いものから目をそらし、家族や周囲の人の目を気にして口を閉ざしていただけ。

言われるままに塾に通って高校に入り、バイトもせずにおとなしく日々を過ごしていた。自分はこんな体質だからと最初から諦めて、やりたいことも考えずに来た。大学もこの先も、きっと同じ。

ここで兎神を逃したら、呆《あき》れてもう姿を現してくれないだろう。一生に一度かもしれないチャンスに、今飛び込まずにいつ飛び込む？

自分を変えるなら、勇気を出すなら今しかない。そう思うと、しぶしぶよりも自分の手でなんとかしたいという気持ちが浮かび上がってきた。

一週間後は二十五日。奇しくもその翌日は奏多の誕生日である。

もとの体に戻ることは、自分への最高の誕生日プレゼントになるに違いない。

「……わかりました。一週間ですね？　家族に電話だけさせてください」

兎神がうなずいたのを確認して携帯を取り出し、祖母の家にかける。

父母に言えば絶対に許してもらえない。祖母に心配をかけたくないけれど、納得してくれるのは兎神探しを勧めた祖母だけだと思う。

「あ、おばあちゃん？　ぼく。実は、モフ……兎神さまを見つけたんだ」

電話の向こうで、驚きと興奮の声が上がる。

「それでね、一週間だけ兎神さまのお仕事を手伝うことになった。一週間後には必ず帰るから、心配しないで」

『一週間……？　それって、通うのじゃダメなの？』

さすがに祖母の声が困惑する。

ちらりと兎神を見ると、会話が聞こえているのか、首を横に振った。奏多はごくりと唾を呑み、携帯を握り直す。

「ごめんね、おばあちゃん。一週間帰れない。これを逃したら、ぼくの体をもとに戻すチャンスはもうないんだ。お願い、許して」

必死だった。

『……誘拐犯に脅迫されて電話してるとか、そういうんじゃないんだね？』

「違うよ。ぼくの意思で、もとの体を手に入れる努力をしたいと思ったんだ。信じて、おばあちゃん」

声に力を込めてはっきり言い切ると、祖母は数秒置いてからやさしい声を出した。

『なんか、あんたがなにかしたいって言うの、久しぶりに聞いたねえ。嬉しいよ、頑張ってごらん。おばあちゃんはいつでもあんたの味方だよ。お母さんには、携帯の調子が悪いから連絡はおばあちゃんにってメールでもして、あとは電源切っておきな。上手く誤魔化してあげるから』

「おばあちゃん、ありがとう……！」

それから少し言葉を交わし、携帯を切った。

兎神に向き直ると、にやっと笑って奏多の頭にぽんと手を置く。

「やればできるじゃねえか。一歩前進だな」

完全に子ども扱いだが、褒められて素直に嬉しかった。

これからの一週間、精いっぱい頑張ろう。

不安の中に、わずかな期待が混じるのを感じた。

奏多が連れていかれたのは、山の奥の朽ちかけた祠だった。

「こんなところに祠があるなんて……」

奏多が登ってきた神社の裏山は、背後にさらに大きな山を従えている。神社のある山を小山、その後ろの山は大山と地元の人間は呼んでいる。

奏多が落ちた崖はこの二つの山の間にあるもので、連れてこられた祠があるのは大山の中腹だった。

「大山分祀《ぶんし》って言われてて、昔はこっちの祠まで来る村人もいたけどな。来るのが面倒ってんで、小山の方に分祀を移したんだよ。最近じゃたまーに酔狂な人間がやってきたり、土地調査とかが来る程度だ」

そういえば神社の裏を登ったときに祠があった。

「ボクらは助かってますけどなぁ、人間の来いひん場所なんてなかなかおへんさかい」

のっぺらぼうは額の汗を拭いた。

「ボクなんかも西の方に住んでましたけど、だんだん住みづろうなって土地から逃げてきたんえ。よそもんを好かん土地神はんもぎょうさんいはるさかい、せんせが心の広いお人でよかったどす」

「よそ者もなにも、あやかし同士助け合って暮らしていかなきゃなんねえだろうが」

「おおきに」

あやかしの世界も大変なんだなぁと、奏多はのっぺらぼうを見た。

人間なら戸籍や住居があって、引っ越したりもできる。でもきっとあやかしは動物と同じように縄張りや行動範囲があって、生きることそのものが大変なのだろう。

自分だったら、そんな環境で生き抜ける自信がない。

「さ、どうぞ」

のっぺらぼうが祠の観音扉を開く。

木でできた祠は小さく、せいぜい人間一人が入れる程度だ。夏だけれども、屋根のついた祠の中は薄暗くなにも見えない。

困惑する奏多を尻目に、兎神はさっさと扉をくぐる。

「早く来い」

振り向いて誘われ、二の足を踏んだ。あの大きさに、どうやって二人以上で入るのだ。

のっぺらぼうに背中を押され、兎神に手を引かれておそるおそる扉の中に足を踏み入れると――――。

「わ……」

扉を抜けると、反対側には広い空間が広がっていた。

「靴脱いでおくれやす」

のっぺらぼうに言われて慌てて靴を脱ぎ、数段の階段を降りれば、下は広い畳敷きの部屋だった。両サイドにずらっと並んだ障子は開け放たれて、明るい光と涼しい空気が入ってきている。

「ここは……？」

修学旅行で見た、神社の本殿とか拝殿とかいう部分なのだろうか。呆然と周囲を見回しながら尋ねる奏多に、のっぺらぼうは靴を受け取って座布団を勧める。

「麦茶でもお持ちしますさかい、ごゆるりしとくれやす」

のっぺらぼうが出ていくと、兎神は奏多の向かいにどっかりと胡座《あぐら》をかいた。

「人間は来られねえ空間だよ。大して広くはねえけどな。小山の神社と同じ作りだ。さっきの祠が出入り口になってて、この山のあやかしはここととあっちを行ったり来たりしてる」

「そうなんですか。ていうか、じゃあぼくはどうして入れるんですか」

「おまえは半分あやかしだろうが」

「はい？」

自分があやかし？

兎神は頬杖をつきながら、きっちりと正座で座る奏多をおかしそうに見た。

「覚えてねえか？　おまえがガキの頃木から落ちたときに、俺の精気を分けて助けてやったろうが。だからあやかしが見えるようになったんだ」

奏多の顔がみるみる赤くなる。

口移しで飲ませてもらったあれは、彼の精気だったのだ。

「その様子じゃ覚えてるみたいだな」

にやにや笑いながら奏多を見る視線にいたたまれず、目を泳がせた。

恥ずかしくてそこについては触れたくないが、これだけは伝えないと。

奏多は畳に両手をつき、兎神に向かって頭を下げた。

「……助けてくれてありがとうございました」

お、と兎神がかすかに眉を上げる。

「おばあちゃんから、ぼくはすごい怪我をしていたはずなのに、なぜか無傷で病院に運ばれてお医者さんも不思議がってたって聞きました。先生が怪我を治してくれたんですよね？　ありがとうございました」

怖いものが見えるようになって恨んだりしたこともあったけれど、もし奏多が死んでいたら、家族はどれほど悲しんだか知れない。タクヤにもマコトにも一生消えない心の傷を負わせたかもしれないのだ。だから感謝している。

「あと、ぼくがもっと小さい頃、うさぎの毛玉みたいなあやかしが家の庭にいたんですけど。あれって先生でしたか？」

奏多が木から落ちたとき、兎神より前に毛玉の姿で現れた気がする。

兎神は懐かしげな眼差しで奏多を見た。

「ああ。電飾があんまりきれいだったんで見物してたら、うっかり絡まっちまった。まおまえの命を助けたのはあのときの借りもあるってことだ」

電飾に絡まったのをほどいた程度と、二回も命を助けてもらったのではありがたさの比重が違う。だからこそ仕事を手伝えと言われたのだろうが、それでも破格の取り引きである。

浮かべた。


それで……、と奏多は兎神を真《ま》っ直《す》ぐに見た。

「ぼくの体は人間に戻してもらえるんでしょうか」

半あやかしのままは困る。きちんと聞いておきたい。

ふと兎神の目の中に寂しげな光がよぎった気がしたが、すぐに顎を上げて不遜《ふそん》な笑みを浮かべた。

「一週間後にな。頑張って働け」

安堵して、奏多も笑顔になった。

「はい。頑張ります、よろしくお願いします。ところでお仕事ってなにをしてるんですか」

ちょうど戻ってきたのっぺらぼうが、

「せんせは教師みたいなもんどすえ。あやかしの子どもらに、いろんなことを教えてはりますのや。他にも薬草からお薬をこさえたりもしてはるんどす」

奏多の前に茶托《ちゃたく》を置いて、冷えた麦茶の入った湯飲みを乗せる。

「そうなんですね。ありがとうございます、のっぺらぼうさん。いただきます」

冷たい麦茶をひと口含み、のどが渇いていたことを実感する。

みっともないと思いつつ、一気に飲み干してしまった。のっぺらぼうは笑いながら、一緒に持ってきた大きな急須からおかわりを注《つ》いでくれた。

今度はゆっくり湯飲みを傾けながらのどを潤していると、部屋の片隅に怪盗モフリーナの絵本が何冊か置いてあるのを見つけた。これか、と目の前の兎神を見ながらちょっとおかしい気分になった。こんな絵本を読むような小さな子がいるんだなと思う。

人心地ついて外を眺めていて、ふと気づく。

「蝉の声がしない」

「ここは基本、人間世界の生きものは入れねえからな。たまに迷い込んじまうことはあるけど。虫や動物の鳴き声がしたら、それもあやかしの一種ってことだ」

そう聞いて背筋が冷えた。兎神とのっぺらぼうには慣れたけれど、他のあやかしは奏多に害をなさないとは限らない。

奏多の懸念を素早く見て取った兎神は、安心させるように笑った。

「心配すんな。ここには乱暴な奴はいねえ。のんびりしたもんだ。ちょっとばかり賑《にぎ》やかなガキどもはいるが」

「え」

そのとき、複数の丸くて白いものが、ぽんぽんぽんと部屋に飛び込んできた。

白くてボールみたいな、これは……。

「毛玉?」

兎神が変化していた姿より小さい、手のひらサイズの子うさぎのような生きものが、三人の周りをぴょんぴょん跳ねている。真っ白な毛に、長い耳。耳の先は可愛らしいピンクに染まっていて。

奏多の目の前で、それらが一斉にくるんと幼児に姿を変えた。

「えっ⁉」

白い着物を着た子どもたちは、驚く奏多をきゃいきゃいと言いながら取り囲んだ。

「にんげん？　にんげん？」

「おにいちゃん、おなまえなんてゆーの？」

「あそぼ！」

奏多の髪や手を引っ張ったり、興味津々で顔や服を覗き込む。どの子も兎神と同じように大きな長い耳を垂れ下がらせているが、こちらはおかっぱくらいの長さだ。うさぎのような赤い瞳をきらきらさせている。

「おまえたち、奏多が驚いてるだろうが。あとで遊ばせてやるから、ちょっと庭で遊んで待ってろ」

「はーい、モフリーノせんせえ」

子どもたちはとたとたと軽い足音を立てて、開いた障子からぴょこんと庭へ降りていった。

だが縁側の下から、みんなそろって顔だけ覗かせて奏多を見ているのが可愛い。ピンクの耳先と合わせたように、頬がピンクに染まっている。

　思わず笑いながら手を振ると、子どもたちはアイドルに手を振ってもらった女子高生のように色めき立って手を振り返した。

「可愛いですね。あの子たちもあやかしなんですか？」

「俺の眷属《けんぞく》に近いかな。もとは野うさぎで、玉兎童子《ぎょくとどうじ》ってんだ」

　あやかしの中で、出会って初めて恐怖心を抱かなかった。というより、あんな可愛い生きものを怖がれない。

「童子らも坊ちゃんのこと気に入ったようやし、お茶飲んだらちょっと遊んだっておくれやす。その間《あいさ》にボクは坊ちゃんの歓迎の準備するさかい」

「え、歓迎なんていいですよ！」

　恐縮して手をぶんぶん振って断るが、のっぺらぼうはからからと笑った。

「なんや理由つけて騒ぎたいだけやさかい、させておくれやす」

　そう言われてしまえば断れない。

　麦茶を飲み干すと、奏多は庭に出るために立ち上がった。

「奏多」

　後ろから兎神が声をかける。

「ほら、これ持ってけ。あいつら鞠《まり》で遊ぶの好きだから」

色とりどりの糸で模様を作った、美しい和風の鞠を投げて渡される。

「ありがとうございます」

奏多は鞠を持って部屋を出かけて、ふと兎神を振り向いた。

「あれ、そういえばぼく、先生に自分の名前言いましたっけ?」

「あ? 名乗らなくても知ってんだったら運命だろ」

ふざけた口調で返され、ムッとした。

考えてみれば、こう見えても神さまなのだから、知っていても不思議はなかった。

「じゃあぼくは先生の本当の名前を知らないから、運命の相手じゃありませんね。モフリーノ先生」

わざとモフリーノを強調して言うと、兎神のふざけた表情は変わらなかったが、かすかに纏《まと》う雰囲気が変わった気がする。どうとは言えないが、なにか違う空気が混じったような。

「そりゃそうだ。まあ、気が変わったら食わせろよ」

それでも声音は変わらなかったので、気のせいかと思う。

「結婚相手とじゃなきゃしません」

「本気かよ。今どきめずらしいな、おい」

貞操観念は人それぞれである。奏多は性を意識し始めた頃から、結婚相手と以外はそういうことをしたくないとなぜか強く思っていた。

そもそも友達すらろくにできなかったから、女の子とつき合うという発想自体がなかった。そういう行為を汚らわしいとは思わないけれど、自分自身は遊びですることに抵抗がある。将来結婚するかもしれない誰かを裏切る気がして。

それに、貞操を守るのが悪いことだとも思わない。

「放っておいてください」

経験のない奏多にはこういう話も恥ずかしくて、少しきつめの口調になってしまった。兎神の気分を害したかと彼を見ると、なぜか嬉しそうに笑っている。

意外な表情に、驚き以外のなにかが混じって胸がどきりとした。

「おまえと結婚するやつは幸せだな」

穏やかな笑みを浮かべた表情が男前すぎる。こんなモデルみたいな顔でほほ笑まれたら、男だってときめいてしまう。

「じゃ、俺はまたちょっと大山を回ってくるから。童子たちを頼んだぞ、奏多」

扉をくぐる兎神の背を見送り、あんなカッコいいのは不公平だ、と奏多はどきどきする胸に鞠を当てて押さえた。

3.

――……自分、ここにいていいのだろうか……。

蒼白な顔をした奏多は兎神の隣で正座したまま、姿勢も崩せずにちびちびとコップに注がれたジュースを啜っていた。

兎神と奏多を取り囲むあやかしたちは入れ替わり立ち替わり挨拶に来て、酒を飲んでがっはっはと陽気に笑い、歌い踊っている者までいる。

「おう、おまえらもっと飲め飲め！」

片膝を立てて座った兎神もご機嫌で、楽しそうに笑っては杯を重ねた。

「おまえは酒飲むなよ、奏多」

「飲みませんよ、未成年ですし……」

そもそも飲めないし飲みたくもない。

目だけを動かして左右のあやかしをチラ見し、恐ろしさに腹が痛くなりそうだった。

玉兎童子のような可愛らしいあやかしならいいのだが、そのほとんどが見た目が人間離れしているか、そもそも人間の形すらしていない異形なのだ。

（うう……、もう出ていきたい……）

突然奏多の背後から、赤黒い大きな顔がぬうっ、と覗いてきた。

「おおお、人間かぁ！　美味そうだなぁ！」

「ぎゃああっ！　鬼ぃっ！」

顔の真ん中には巨大な目がひとつ。額からは天を衝《つ》く一本角。耳まで裂けた口から、長い舌がにょろりと伸びて奏多の手もとをくすぐった。

思わずコップを放り投げ、隣の兎神にしがみつく。

「た、たたたたた、食べられる……っ！」

兎神は奏多越しに鬼の額をぺちんと叩いた。

「こら、脅かすな。ジュースならあっちに置いてあるから勝手に飲め」

「すんません、いただきますぅ」

鬼はへらへらしながら、ジュースのボトルが置いてある膳の方へ歩いていく。

兎神は宥めるように奏多の肩を撫でた。

「あいつは甘いものが好きでな、ジュースなんて久しぶりに見たから飲みたくなったんだろう。悪気はないんだ、勘弁してやってくれ」

「お、美味しそうって、そっち……？」

「人間は食わねえよ」

ぷしゅう、と空気が抜けるように気が抜けた。

「今日はおまえがいるから、珍しく人間の食べものと飲みものを持ってきてある。興味のある奴もいるんだろ」

「ぼくのために、わざわざ?」

「基本的にあやかしは食わなくても死なないのが多いからな。嗜好品《しこうひん》みたいなもんだ。さて、俺はちょっと着替えてくるわ」

兎神が立ち上がり、自分の投げたコップのジュースが彼の服にかかっていたことに、今さら気づいた。

「ごめんなさい、気づかなくて……!」

「いいって。ここにいる奴らは見た目はアレなのが多いけど害はねえから、怖がらなくていい」

そう言われても、兎神がいなくなると心細くなった。ヤクザの事務所に一人取り残されてしまったような不安がある。

「ジュース、もらいに行こうかな……」

なにかしていないと落ち着かなくて、立ち上がった拍子に足が痺《しび》れてよろめいた。背後にいたあやかしにどん、とぶつかってしまう。

「あ、すみません」

謝ると、振り向いたのはのっぺらぼうだ。真っ赤な顔をしている。

「お～う、奏多はん。楽しゅう飲んではります？」

「のっぺらぼうさん、酔ってるんですか？　え、ていうか、どこから飲むんですか？」

口がないから奏多を食べないと言っていたが、そもそも口がないのにしゃべっていることと自体が不思議だが。

のっぺらぼうはふふふと笑うと、作務衣の肩を片方するりと開いた。

「ボクの秘密、知りたかったら閨《ねや》に来とぉくれやす」

（酔ってる……）

酒癖が悪そうな予感がして、曖昧な笑顔を浮かべてその場を離れる。

ジュースが置いてある膳の方に行くと、玉兎童子たちがきゃっきゃと笑いながらジュースや菓子を頬張っていた。見た目の怖いあやかしの多い中で、この子たちの存在に心底ホッとした。

童子たちとは、さっきの遊びですっかり打ち解けている。

「ぼくも混ぜてもらっていい？」

「おにいちゃん、いらっしゃ～い」

全員が声をそろえて奏多を迎えてくれる。輪になって、奏多を真ん中に座らせてくれた。

こんな可愛い子どもたちにおにいちゃんと呼ばれると、妹のいる奏多はにこにこしてしまう。

「くだものたべる?」

「ジュースどーぞ」

小さな手で差し出すのが愛らしくて、礼を言って受け取る。自分の手渡したものを奏多が食べるのが嬉しいのか面白いのか、次々とやってくる。

全力の好意を向けてくる童子たちをがっかりさせたくなくて、断らずに全部口に入れた。が。

一気に詰め込みすぎて、のどに引っかかった。

咳き込む奏多に、童子の一人が慌てて水の入ったコップを差し出す。

「おにいちゃん、これ!」

急いで受け取り、顎を反らして水を飲む。

瞬間、もの慣れない刺激が強烈にのどを刺して盛大にむせた。

「げほ……っ! ぉえッ、ぐ、ふ……!」

まるで毒を盛られたようにのどを押さえ、背を丸めてうずくまる。

舌から腹まで、酒が通ったところが火がついたように熱い。息が詰まりそうに苦しくて、体がうずうずする。

「奏多!」

ちょうど戻ってきた兎神が、急いで奏多を抱き起こす。

転がっているコップと液体を見て、鋭く舌打ちした。

「神酒《みき》を飲んだな……」

奏多にコップを渡した童子が、半べそをかきながら謝った。

「ごめんなさい……、みんな、おみき、いっぱいのんでるから、だいじょうぶだとおもったの……」

「おまえのせいじゃない、俺が迂闊《うかつ》だった」

兎神は厳しい表情を崩さないままだったが、童子の頭をやさしく撫でて慰めた。

「おにいちゃん、しんじゃう……？」

「大丈夫だ、俺がなんとかする。明日の朝には奏多も落ち着いてるから、心配せずにおまえたちはもう寝ろ」

童子はくすんくすんと鼻を啜りながらうなずく。

童子たちは玉兎のあやかし姿になると、みんなでぴょんぴょんと跳ねながら庭に降りていった。

すっかり酔いの醒《さ》めたらしいのっぺらぼうが、

「ボクは童子らを寝かしつけてくる。興奮してるやろうさかい」

と出ていくのを、

「頼む」

兎神は短く答え、奏多を抱いて立ち上がった。

周囲のあやかしが心配げに見守るのに、兎神は不遜な笑みを返した。

「おまえたちも、せっかく酒もつまみも用意したんだ。楽しんでろ」

奏多を抱いた兎神は、顔を見合わせるあやかしたちを尻目にさっさと宴会場を出ていく。

苦しくて、兎神の腕の中で悶《もだ》えた。

「く……るし……」

「ああ、すまねえな、奏多。ちゃんと言っておけばよかった。あれは人間には強すぎるんだ」

「ぼく………、し……」

死んでしまうのではないかという恐怖で、舌がもつれる。

兎神は安心させるように奏多の額に口づけた。

「心配すんな、俺がいる」

これまで二度も命を助けてもらった。子どもの頃の事故と、崖から飛び降りたときに。

兎神だったらなんとかしてくれるという無条件の信頼に、彼の服をぎゅっと握って汗ばむ額をすりつけた。

やがて部屋にたどり着くと、兎神は奏多を抱いたまま器用にふすまを開ける。寝室らしい小さな畳敷きの部屋に、きちんと布団が敷かれてあった。

やわらかな布団の上に下ろされ、苦しい体を折り曲げる。

「あ……、う……」

酒が体中に広がり、全身が熱い。布団に触れている部分がむずむずして、気持ちが悪くて無意識に体勢を変えた。

「あ……っ」

きゅうん、と下腹が熱く収縮して、甘い痛みが体を駆け抜けた。

「なにっ……?」

怖い!

動転する奏多の頬を両手で包んで自分の方を向かせた兎神は、真剣な目で瞳を覗き込んできた。

「いいか、奏多。おまえは毒を飲んだ」

毒、と聞いて恐怖で心臓が握りつぶされるような気がした。

「死にはしない。毒は毒でも、媚毒《びどく》ってやつだ。神酒はあやかしにはただの酒だが、人間が飲めば強力な催淫作用を及ぼす」

「びど、く……、さいいん……?」

媚毒も催淫も聞き慣れず、混乱した頭ではまったく意味がわからない。

「解毒には、誰かと抱き合わないとならない。だからおまえを抱く」

兎神の言葉が脳に到達するまで、数秒かかった。

理解した瞬間、大きく目を見開く。

「やだあ……っ！」

兎神の体を押しのけようとするが、腕に力が入らない。起き上がろうと中途半端に脚を曲げた拍子に、デニムの中でペニスの先がこすれた。

「あああっ……！」

知らぬ間に勃《た》ち上がっていたペニスの鈴口に痛いほどの快感が走り、どろっ！　と熱い感触が広がる。

「い……、あ、なんで……」

あれだけの刺激で達してしまったのだとわかった。

兎神は手早く奏多のデニムのボタンを外してファスナーを下ろすと、まだがちがちに張り詰めている雄を取り出した。

いつも奏多が自慰をするときよりも格段に膨れ、白い液体で汚れている。先端からは、白と透明が混じったいやらしい蜜が糸を引いていた。

「やだっ、や、見ないで！」

こんな状態の性器を他人に見られるなんて、毒よりも羞恥で死んでしまいそうだ。

兎神は隠そうとする奏多の手首をつかみ、のしかかって体で押さえつけてくる。

「逆らうな、楽にしてやるから……！」

ほとんど怒っているような顔で言われて悲しくなった。

ただでさえ苦しくて辛いのに、こんなふうに怖い顔で、してはいけない行為をしなきゃ治らないなんて。

「だっ……て……」

「だって、なんだ？」

苛立《いらだ》った口調で言われ、たまらず涙が滲む。

「だって……、け、結婚する人としか……、そういうの、したくない……」

なにかを裏切る気がして、どうしても受け入れられない。

兎神は寄せた眉を驚きでほどき、それから切なげに目を細めた。

そして奏多を抱き寄せると、打って変わってやさしい声で言った。

「じゃあ、結婚するか」

「…………けっこん、する……？」

「ああ、それならいいだろ？　俺とおまえは夫婦《めおと》だ。だからいいな？」

言い聞かせるように囁《ささや》かれ、それでいいような気がした。

結婚するまでだめだという意味だったのに、結婚してしまえばいいのかと、媚毒に侵された脳が疑問を納得にすり替える。

「今から俺とおまえは夫婦になる。夫婦の契《ちぎ》りをこの土地と、山と、天にある月に誓う。おまえも誓え」

兎神の宣誓が、とても神聖な響きに聞こえた。遠い記憶のなにかが刺激される。

自分の深い部分から喜びがこみ上げてきて、勝手に唇が動いた。

「ちかう……」

兎神が奏多の左手を取り、薬指に口づける。

体温が伝わって、甘い感触に心がふっと兎神に近づいた気がした。以前にもこんなことがあったような――。

赤い瞳が奏多を見て、愛《いと》しげに細まる。

そうか、子どもの頃もこんな目で見てもらったっけ。命を助けられたときに口づけも受けた。

「全部俺に任せとけ。おまえは俺に甘えてりゃいい。して欲しいことがあったらなんでも言え」

ちゅ、と軽く口づけられ、他人の唇のやわらかさに驚いた。甘えてりゃいいという言葉が耳に残り、理性の糸が切れたように兎神にすがりついた。

「たすけて……！」

奏多をきつく抱きしめた兎神が、情熱的に唇を重ねてくる。

髪をかき分けて奏多の後頭部を大きな手でがっしりとつかみ、逃げられないようにして奏多の唇をむさぼる。

「ん、ぅ……、んん……っ」

男の舌が奏多を搦《から》め捕《と》り、きつく吸い上げて甘噛《あまが》みし、舌の表面も側面も丹念に舐《な》める。口中を生きものみたいに他人の舌が動き回る初めての感覚に戸惑う暇もなく、熱く滑らかな情熱に意識を奪われた。

「ふ……、あ……」

気持ちいい。

角度を変え、唇を開き、上手に息を継がせてくれるから、与えられる心地よさにひたすら翻弄《ほんろう》されていれば済む。

白く濁る頭で、のっぺらぼうの言葉をぼんやり思い出した。

——お任せしはったら気持ちようしてくれますえ。

ほんとだ、気持ちいい。

「ん……、きもち、い……」

無意識に兎神の首に腕を回し、引き寄せて口交を深めようとする。

兎神の唇が笑みの形に変わったのが、感触でわかった。

「気持ちいいか。可愛いな、奏多」

濡れた唇にかかる吐息がもどかしい。離れてしまった熱を求め、自分から唇を押しつけてねだった。

「もっと……」

兎神は奏多の唇をぺろりと舐めた。

焦《じ》らされたようにも、甘やかされたようにも思える。

「キスだけで達《い》っちまいそうだな。蕩《とろ》けた顔可愛いぜ？　でもこっちも辛《つら》そうだから、先に出させてやる」

言うと、長い指が奏多の陰茎に絡んだ。

「ああ……っ！」

びくん！　と体が揺れる。反射的に腰を引きそうになったが、握られているせいで動けない。

「ほら、出していいぞ」

「あ……、あ、あ、やぁ……、それ、すぐ、でちゃ……」

ただでさえ張り詰め切って涙を零《こぼ》している雄芯は、ほんのわずかな刺激で爆発してしまう。

すでに放った精液と快楽の透明な露が混じり合った淫液が纏いつく肉茎を、奏多よりずっと大きな手が扱《しご》き上げる。

「あああああ……っ、あ……、あーーーーっ、っ、……っ！」

びくびくっ、と陰茎が震え、恥ずかしいと思う間もなく精を噴き上げた。粘度の高い白濁が、めくれ上がったシャツや腹に勢いよくまき散らされる。

「は……っ、あぁ……」

自分以外の手で導かれるのがこんなに気持ちいいなんて。

解放感に、うっとりと目を細める。

絶妙な力加減で残滓《ざんし》を搾り取られる陶酔に、頭がくらくらした。だがまだまだ出し足りない。溶岩のような熱が下腹に渦巻いている。

「まだ……」

「わかってる。足りねえよな」

言いながら、シャツの下に忍んできた手が奏多の胸芽をつまんだ。

「んあ……」

すでに凝《しこ》っている乳首を濡れた指でくりくりと弄《いじ》られると、甘い吐息が漏れた。

ぜんぜん弄られ足りないのに、指はすぐにシャツから抜け出ていってしまって、奏多は精いっぱいの懇願を込めて兎神を見上げる。

欲情を増した兎神が、自身の唇を舌で湿した。

「色っぽい顔で見てくるじゃねえか」

兎神は器用にするりと奏多にシャツの腕を抜かせると、そのまま上半身を裸にさせた。デニムを脱がす動きも自然で、なんの抵抗もなく、気づけば肌を隠すものはなにもない。まるで手品みたいだった。

「み、みないで……」

手で隠そうとするが、強引に両手首をつかまれ広げられて、すべてを男の目に晒《さら》した。

「きれいな体だ」

お世辞でもないような口調で言われ、羞恥の中にくすぐったい喜びが混じる。

「ほら、解毒して欲しいんだろ。苦しいのは嫌だよな。おまえの旦那が助けてやるから、楽になることだけ考えろ」

「だんな……?」

「そうだろ? おまえは俺の嫁さんだ。結婚したんだから、当たり前のことをするだけだ」

蕩けそうに甘い視線と口調で言う。

結婚したから、当たり前のことをする。

兎神の言葉が脳に染み入ってきて、これは当然の行為なのだと心が受け入れる準備を始める。

「いい子だ、奏多」

POSTCARD

STAMP HERE

101-8405

東京都千代田区
神田三崎町2-18-11

二見書房
シャレード文庫愛読者 係

通販ご希望の方は、書籍リストをお送りしますのでお手数をおかけしてしまい恐縮ではございますが、**03-3515-2311までお電話くださいませ。**

＜ご住所＞ □□□-□□□□

＜お名前＞ 様

＊誤送を防止するためアパート・マンション名は詳しくご記入ください。
＊これより下は発送の際には使用しません。

TEL	職業／学年
年齢　　代	お買い上げ書店

Charade 愛読者アンケート

この本を何でお知りになりましたか？

1. 店頭　2. WEB（　　　　　）　3. その他（　　　　　　　　　　）

この本をお買い上げになった理由を教えてください（複数回答可）。

1. 作家が好きだから（小説家・イラストレーター・漫画家）

2. カバーが気に入ったから　3. 内容紹介を見て

4. その他（　　　　　　　　　　　　　　　　　　　　）

読みたいジャンルやカップリングはありますか？

最近読んで面白かったBL作品と作家名、その理由を教えてください（他社作品可）。

お読みいただいたご感想、またはご意見、ご要望をお聞かせください。

作品タイトル：

ご協力ありがとうございました。

お送りいただいたご感想がメルマガに掲載となった場合、オリジナルグッズをプレゼントいたします。

力を抜いた奏多の頬に、褒めるように唇を落とした。

奏多と名前を呼ばれるのが嬉しくて、自分も兎神の名を呼び返したいと思った。

「なまえ……、おしえて……」

んー？　と、奏多の首筋を舌でたどりながら、どうでもいいような返事が返ってきた。

「言ったろ、モフリーノだって。呼びにくいなら、おまえの呼びたい名前で呼んでいいぜ」

本当の名前は、夫婦でも教えてもらえないのか。

残念な気持ちが広がったが――――。

「ひゃ……！」

ちゅっ、と胸の先端に吸いつかれ、思わず声を上げた。

「せんせい……！」

「お……っと」

顔を上げた兎神が、唇を手の甲で拭って色悪的な笑みを浮かべる。

「先生呼びときたか。いたいけな生徒に悪いこと教えてるみたいで、それはちょっと興奮する」

言葉どおり、兎神の細めた目が熱を帯びた。

大人の男が本気になった表情に、背筋がぞくぞくする。

凄みのある笑みを浮かべた顔が近づいてきて、奏多の唇を嚙んで、舐める。今から食う、の宣言だとわかった。

淫靡《いんび》な空気に飲まれて、指一本動かせない。こくりと鳴らしたのどを、味見するように舌の広い面でべろりと舐められた。

乾いた手のひらが奏多の腰骨を撫で、脇腹を通ってゆっくりと上に移動する。

「く……、ん……」

高い体温に感じてしまって、小刻みに体が震えた。

親指の爪の先で乳首を下から弾かれると、鋭い快感に顎が突き上がる。

「ああっ……！」

兎神がそこにむしゃぶりつき、指でくじりながら、同時に舌で舐め濡らす。滑《ぬら》ついた舌と鮮烈な指の刺激が混じり合い、泣きたいほどの快感が生まれて身をよじらせた。

「あぅっ、あ、やあっ……、こわい……っ！」

虐《いじ》められているのは胸なのに、陰茎がじくじくと甘い痛みを訴えているのが怖い。触れていない部分が反応するのが、自分の体じゃなくなっていくみたいで。

握った拳で兎神の肩を叩いて訴えると、兎神は泣く子を宥めるように笑いながら顔を上げた。

「怖くねえよ。神酒のせいで最初から感じやすくなってるだけだ。そのぶん、初めから気持ちよくしてやれる」

そして額同士をこつんと当てて奏多の瞳を覗き込んだ。

「俺を信用しろ。絶対に無茶はしない。それでも怖いってんなら、ほら」

兎神は体を起こすと、長い耳の片方をふわっと奏多の前に差し出した。

「人はふわふわしたもの触ってっと落ち着くんだ」

真っ白なやわらかい毛に覆われた耳が、ふんわりと奏多の上半身を撫でる。きゅっと腕に抱くと、薄い皮膚を通して体温が伝わってきた。

飾りでもただの毛皮でもない、血が通った温かさだった。頬をすりよせ、目を閉じる。

「きもちいい……」

「だろ?」

相変わらず体は苦しくて怖さも消えないけれど、びっくりするくらい気持ちが落ち着いた。モフリーノというあだ名が、本当にぴったりだと思った。

薄くて広い耳を両腕で抱きしめ、頬で感触を楽しみ、衝動のまま唇でなぞる。兎神が熱を逃すように息をついた。

「……けっこう、感じるんだよな。耳」

自分が感じているような快感を兎神も覚えるのかと思ったら、なんとも言えない甘酸っぱい疼《うず》きが胸にこみ上げる。

「せんせ、も……、ぬいで……」

感じている証が見たい。

手を離すと、兎神は躊躇《ちゅうちょ》なく着ているものをすべて脱ぎ捨てた。

奏多の視線が兎神の雄に釘づけになる。

「うそ……」

奏多のものとぜんぜん違う。太さもだが、その長さが。

いくら経験のない奏多でも、自宅で一人で処理するときには動画を見たりもする。男性器にもモザイクはかかっているが、おおよその形や大きさはわかる。

兎神のそれは日本人というより、巨根自慢の外国人の形状に近かった。

「……ほんもの？」

根もとからにゅうっと反り返る男根は、倒せば先端が臍《へそ》の位置など超えてしまいそうで、いっそ作りものに見える。

抱き上げられたときにたくましい体だとはわかっていたが、衣に隠されていた筋肉がこれほど見事だとは思っていなかった。

顔立ちも端整で背も高く、男の理想型がそこにあった。自分がどんなに頑張っても、こんな体を手に入れるのは不可能だろう。

「ずるい……、せんせ、かっこいい……、ずるい……」

兎神はぷは、と笑うと奏多に覆い被さってきた。

「なんだ、俺みたいになりたいのか」

なりたくない男なんているのか。

兎神は奏多を宝もののように胸に閉じ込め、髪と額に唇を押し当てながらやさしく背を撫でる。

直接触れる肌が滑らかで温かい。首筋からは、夏の草のような清涼な匂いがした。

「おまえがならなくたって、俺はおまえのものなんだから、それでいいだろ？　いつでも好きに触って、抱きついて、おまえのやりたいことをしていいんだ」

言葉が甘くて、溺れてしまいそうだ。

まだ会ったばかりなのに。会ったの自体は三回目だけれど、一回目はうさぎのあやかし姿で、二回目は怪我でほとんど意識がなかったから、初対面も同然だ。

なのにどうしてこんな、恋人みたいなことを言ってくれるんだろう。

——そうか、結婚したから。

甘えていいんだ、と思ったら、なにも考えずに寄りかかりたくなった。

「もう……、くるしい……」

下腹部に溜まっている熱を散らして欲しくて、兎神の首に腕を回して体をくっつけると力強く抱き返してくれる。

「早く解毒してやらないと辛いだろうからな」

兎神の手が奏多の内股から双嚢《そうのう》をやさしく撫でて自然に膝を開かせる。奥に忍んできた指が、繊細な肉襞《にくひだ》をそっとなぞった。

「ん……っ」

触れられて初めて、そこがほころんで刺激を求めていることに気づく。

途端に腹の内側がかあっと熱を持ち、指を引き入れたがって肉襞が小さく口を開いたのがわかった。

指で穿《うが》ってかき混ぜて欲しくて、勝手に尻が揺れ動く。

「ふぁ……、やだ、どうして……」

そんなところになにか挿《い》れたくなるなんて、自分の反応が怖い。

「大丈夫だ。なにも怖くない、安心しておまえの旦那に任せとけ」

怯える子どもに言い聞かせるように穏やかに、顔中にキスを降らせながら囁く。甘い感触と声音に、心も体も全力で兎神にすがりついた。

「今のおまえは、神酒の毒でどんな痛いことされても感じちまうからな。壊さないように準備しないと」

兎神が手を振ると、魔法のように小さな薬瓶が現れた。蓋を開けると、ほのかに甘い香りが漂う。

兎神は中身を指ですくい、それを奏多の後蕾《こうらい》にすりつける。

「ひ……！」

ぬるぬるの感触がよくて、簡単に兎神の指を受け入れてしまう。

「ああ……、もう、すげえやわらかくなってる。酒に慣れてねえ人間には、神酒は余計効き目が強いんだ。このままでも大丈夫そうだが、もう少しだけな」

指でこねられると、自分の内側が燃えるように熱くなっているのがわかる。一本ではもの足りなくて、兎神の指を淫らな孔でぎゅっと締めつけてねだった。

「もっと……！」

兎神は薄く笑う。

「大胆に求めてくれるな。これなら俺も楽しめそうだ」

肉の締めつけを振り切った指が奏多から抜け出る。空虚な寂しさを訴える間もなく、濡れた指が二本に増えて狭道に潜り込んできた。

「うあ……」

狭孔を拡《ひろ》げられるのは怖いのに、なぜかそれも気持ちいい。どんどん毒が体中に回っていくのを感じる。思考まで淫猥《いんわい》な薄紅のもやに包み込まれてしまう。毒が回り切ったら、めちゃくちゃに淫虐を受けても、きっと自分は絶頂に登ってしまうだろう。

そんなの嫌だ。そうなる前に、早く。まだ目の前の男を、自分の結婚相手だと認識できているうちに——。

「せんせい、どく、ぬいて……っ！」

首筋にすがりついた奏多の体を、兎神の腕が荒々しく抱き上げる。

布団の上に胡座をかくと、抱え上げた奏多に自分の腿《もも》を正面から跨《また》がせた。

「初めてだからな……。まだ体開き切ってねえから、あんま奥まで入らないようにしねえと」

奏多の腰に片腕を回して体を支えながら、片手は自身の雄を持って位置を合わせる。下から硬い雄の先端で濡れた肉襞をちゅくちゅくと往復され、早く穿って欲しくて尻が揺れた。心臓があり得ないほど早く脈打って苦しい。

「はや、く……」

「ああ」

尖った先端がほんの少し奏多の内側に潜り込み、硬質な感触と熱さに顎が上がった。貫かれる期待で背筋がぴんと反り返る。

正面から抱き合う形で、兎神の両手が奏多の尻たぶをつかむ。

「ゆっくり腰を落とせ」

自分で腰を落とす状態は一見奏多が動かなければならないようだが、兎神の手が上手に導いてくれ、無理に進まれる感じがなくて怖くない。肌がぴったり密着しているのにも安心を覚えた。

兎神の首にすがりついたまま、わずかに腰を落とす。

「んあ……」

丸々と膨れた亀頭が小さな襞を引き伸ばす。兎神の手が奏多の尻たぶを両側に引いて孔を露出しているおかげで、思ったよりすんなりと呑み込んでいく。

「あ……、はいって、くる……」

「苦しくなったら止めろ」

苦しいけど、もっと奥まで欲しい。体が求めている。

「ふ……っ、う……」

薬の効果か痛みはないのに、亀頭の笠が肉襞を極限まで広げる感触が辛くて涙が浮かび上がってきた。

「上手いぞ、奏多。いい子だ。そのまま……、いちばん大きいところが入ったらあとは楽になるから……、そうだ、上手だな」

褒められると、これでいいんだと安心できた。

「あう……っ！」

ずるっ！　と先端がすべて奏多の内に潜り込んだ。怖いほど大きくて窮屈なのに、すき間を埋めていく熱塊が恋しくて気持ちよくて、神経がそこに集中した。

兎神の手に導かれ、少しずつ奥を拡げていく。

「すご……、あつくて、おっきい……」

そんなところになにかを挿れるなんて考えたこともなかったのに、こうされるのが当たり前のように自然に受け入れている。

「く……、いぁ……」

狭くてきつくて、これ以上進めない。兎神を跨いだ腿がぶるぶると震えている。

「ここが限界だな。よく頑張った」

褒めてキスをくれるのがとても嬉しい。かすかにわななく唇をやさしく舐めて開かせ、舌を絡めて甘やかされる心地よさに全力ですがる。

「あとは任せとけ」

奏多の尻を持ち上げる手に力がこもったかと思うと、兎神とぴったり体が重なるように引き寄せられた。

「あ……っ！」

ぐるんと腰を回され、肉茎のつけ根の内側をごりっとこすられる。

「ああああっ……！」

思わず背を反らし、高い声を上げた。

狙《ねら》い澄ましたように同じ場所をリズミカルに硬い肉棒で往復され、一瞬で思考が真っ白

に弾け飛ぶ。

「あああっ、ああ……っ！　せん……、せ……っ、あーーー……っ、っ、！」

前壁をこすりながら体の奥深くを突かれ、さらに鷲《わし》づかみした尻たぶをきつく寄せて肉茎に浮いた太い血管までわかるほどぎっちりと雄を食い込ませられる。

男の硬く割れた腹と自身の体に挟まれた奏多の雄蕊《おしべ》がこすられて、鈴口から大量の透明な露を零した。

「せんせぇっ……！　あああああ……っ、やあああ………！」

薬のぬめりを借りて激しく出入りされる肉襞が熱い。雄に吸着して精を搾り取ろうとする粘膜が燃え上がる。

「……すげえよ奏多、おまえん中……、熱くて、きつくて、みっともなくおまえより先に出ちまいそうだ……」

快感でかすれた兎神の声が、自身の嬌声《きょうせい》に混じって聞こえてくる。

先生も気持ちいいんだ、と思ったら、兎神を咥《くわ》え込む肉筒と胸の奥がきゅうんと甘く搾られた。

「くそ、煽《あお》ってきやがる……！」

兎神の指がより強く奏多の尻肉に食い込み、いっそう腰の動きが激しくなった。奏多の唇から悲鳴が迸《ほとばし》る。

「も……、もう……っ、や、でる、からぁ…………っ！」

「初めての夜だもんな……、一緒がいいよな。ほら、合わせてやるから……、かなた」

耳もとでやさしく名を呼ぶ声とは裏腹に、奏多をえぐる凶器の大きさが増したのがわかった。

「いくか……？　いきそうだな……、俺も、……っ、出すから……」

「だめ、せんせ……、やだっ、やあ……っ、わかんな……、やあぁぁぁぁ――――……っ！」

泣きながら兎神にしがみつき、衝動に任せて雄を男の腹にこすりつける。

白濁を噴き上げた瞬間、腹の奥に熱い精を注がれたのを感じ、息も継げないほどの快感に溺れて頭の芯が焼き切れた。

4.

――……ミ。見て、お月さまがきれい。

満月が、広い原っぱを皓々《こうこう》と照らしている。

自分は草の上に座って月を見上げ、そのまぶしさに目を細めた。雲が月の光を受け、煙のように細くたなびいている。

隣に座っている誰かが、自分の手をそっと握った。自分より大きくて、温かい手。

嬉しくて、幸せで、その人に寄りかかって二人で月を眺めた。

お月さまが、二人の姿を見つめていた。

ふっ、と奏多の意識が浮上する。

目を閉じたまま、今まで見ていた夢を反芻する。けれど眠りから覚めると同時に、夢の記憶は網からするりと零れていくように急速に記憶から消えていった。

(……久しぶりにおじいちゃんの夢見てたかも)

子どもの頃の夢だった気がする。

「ん……」

閉じたままのまぶたにぎゅっと力を込め、横向きに寝返りを打った。

とてつもなく体がだるい上に関節がギシギシしていて、起きたくない。夏休みなんだから、塾がなければ今日はこのまま寝ていたいと思った。

(今日は塾、あったかなぁ……)

かすかに誰かの気配がして、

「奏多はん、体の具合はどないどすか」

横向きになった奏多の肩を背後から揺らしながらのんびりとした声をかけられ、ぱっちりと目を開けた。

「はい?」

誰?

慌てて起き上がり、振り向いて顔を合わせた人物に悲鳴を上げた。

「ぎゃあああっ!」

顔がない!

のっぺらぼうが、奏多の悲鳴に逆に驚いて尻餅《しりもち》をつく。

「ひゃあっ、奏多はん! ボクでおます、のっぺらぼうどす……!」

奏多は飛び出しそうな心臓を押さえ、布団からはみ出た格好でのっぺらぼうを見た。

すぐに思い出したが、これは慣れるまで時間がかかりそうだ。

「あ……、あ、すみません……、急だったからびっくりして……」

寝起きドッキリも同然である。自分が年寄りだったら心臓発作で倒れていたかもしれない。

おかげで、起きたら昨日のことは夢だったのかも、という懸念もなく目が覚めた。

のっぺらぼうが奏多から若干顔をそらしながら言う。

「奏多はん、驚かせてしもて悪おすけど、脚閉じておくれやす。ボク見たらモフリーノせんせに怒られてしまうさかい」

いつの間にか着せられていた浴衣の裾が大きく割れ、変な格好で開いた両脚が腿まで丸見えだった。

「え？　あわわわっ、すっ、すみません！」

慌てて膝を閉じ、浴衣で覆って隠す。

（…………モフリーノ先生に怒られる？）

数秒考えた後、奏多は口と目を丸く開いた。

洪水のように鮮やかに昨夜の記憶がよみがえってきて、悲鳴を堪えるためにガバッと両手で口を覆う。

「な……」

なにをした？

自分は兎神となにをした？

――ところどころ記憶が飛んでいる部分もあるけれど、覚えている。思い出した。というか思い出したくなかった。

間違って神酒を飲んで、媚薬と同じ効果で体が疼いて、兎神に宥めてもらった。なにやらすごく気持ちよかった覚えしかないけれど。

「け……っ、こん……」

貧血を起こしそうなほど青ざめた。兎神と結婚すると言ってしまった。

いくら婚前交渉が自分の信条に反するとしても、あの場合はノーカウントでよかったのではないか？　治療みたいなもので、頑《かたく》なになる必要はなかった。

それなのに……。

前後不覚だったとはいえ、自分の頑固さに目眩《めまい》がした。

のっぺらぼうが丸い湯飲みを差し出しながら、気遣うように声をかける。

「体えらいのやおへんか？　楽になる薬湯おすさかいにどうぞお飲みやす」

「あ、ありがとうございます……」

昨夜兎神と奏多がなにをしたか、のっぺらぼうは知っているだろう。

身の置き所がない気持ちで薬湯を口に含むと、苦い味が舌を刺した。飲み込むと、体の痛みやだるさがすうっと引いていく。

こく、こく、とのどを鳴らし、最後に仰《あお》のいて薬湯を口に流し込んだとき。

「奏多はん、せんせに結婚してぇて、ねだらはったんどすって？」

ぶぅっ！　と勢いよく薬湯を噴き出した。

正面から噴きかけられたのっぺらぼうの顔の表面に、緑色の薬湯がつうっといく筋も流れる。

「ちが……っ、ち……、いや、ご、ごめんなさい、でもっ……！」

のっぺらぼうは手ぬぐいを取り出し、つるりとした顔を拭いた。

「ちゃうんどすか？　モフリーノせんせ、そら自慢げに言うたはりましたけど」

「っ、っ、っ、っ――……っ！　誤解ですっ！」

ただでさえ解毒と称した行為を知られていて恥ずかしいのに、よもや奏多から結婚を迫ったと思われているなんて！

「モフリーノ先生ぇ！」

これ以上言いふらされる前に兎神を止めないと！

部屋を飛び出し、浴衣のまま兎神を探しに走る。廊下を小走りに通り過ぎ、昨夜宴会をしていた広間に飛び込むと、長机に並んで座った玉兎童子たちを前に、兎神が習字を教えているところだった。

「先生！」

兎神が振り向く。

「おう、奏多。元気そうだな、薬湯飲んだか？」

「飲みました……、じゃなくて！　ちょっとこっち来てください！」

飄々《ひょうひょう》とした態度で近づいてきた兎神の腕を引き、障子の陰に連れ込む。童子たちに聞こえないよう、大きくなりそうな声を抑えて小声で言った。

「先生、ぼくが結婚をねだったって言ってるらしいじゃないですか」

兎神はにやっと笑うと、奏多の腰を抱き寄せた。長い耳が奏多の体を隠すように背に覆い被さる。

「そんな色っぽい寝間着姿で出てくんじゃねえよ。襲いたくなっちまうだろうが」

「な……っ！」

まだそんなことを言うか！

「昨日のことは事故みたいなものですから！　結婚もなかったことにしてください！」

兎神は面白くなさそうに片眉を上げた。

「おい、さすがにそれは俺も傷つくぞ」

「う……」

いくら状況が悪かったとはいえ、婚姻の誓いを立ててしまった自分に責任がないとは言えない。

「それは……、申し訳ないと思います……。でも、実際ぼくがあなたと添い遂げるなんて現実的じゃありません。ここにも一週間の約束ですし……」

「わかってるよ。だから一週間だけの夫婦だ。おまえ、結婚相手と以外は同衾《どうきん》すんの嫌なんだろ？　神酒の解毒には七晩かかるんだぞ」

奏多の胸に不安が渦を巻く。

「昨日で終わったんじゃないんですか？」

またあの苦しみが？

兎神は奏多の肩を押して背を障子に押しつけ、腕で囲い込むようにして顔を覗き込んできた。

「七晩連続で行為をしてやっと神酒が抜ける。苦しい思いしたくなきゃ、おとなしく抱かれとけ」

奏多は困って顔を伏せた。

「でもそんな、形だけの夫婦……」

意味はあるのか。

「ただの解毒の道具として使われるなら、俺もさっさと挿《い》れて中出しして終わりにする。そんなのやだろ？　嫁さんにするなら、俺もやさしくする気になるってもんだ。おまえは気持ちよくなって解毒もされるし、俺は楽しめる。両得だ、どちらにも損はねえ」

「………」

承諾するしかないとわかっている。

兎神の言うとおり、彼を道具として使うのは失礼だし、フリだけだとしても気の持ちようが違う。

七晩性行為をしなければ解毒できないなら、すでに関係を持ってしまった兎神にお願いするのがベストだ。他のあやかしとなんて考えられない。本来だったらこちらが頭を下げなければならない筋の、ありがたく受けるべき申し出だと思う。

それでもそれがセックスを意味すると思うと、手に汗が滲んでくる。

「……そんなに俺と夫婦になるのは嫌か？」

切なげな声が聞こえて顔を上げると、兎神はとても悲しそうな顔をしていた。自分でも驚くほど心臓がずきりと痛んだ。強気な彼らしくない表情に、慌てて否定する。

「あ、あの、夫婦が嫌なんじゃなくて……」

「じゃ、いいな？」

「え……、あ、はい……」

兎神はくるりと表情を変え、粗野で色気のある笑みを浮かべた。

「よし、言質《げんち》は取ったぞ。今日は酔ってたからなんて言わせねえからな」

はい？

「あと六日間、楽しもうぜえ」

肩を抱きながら言われ、自分のチョロさ加減に呆然とした。

（泣き落とし？　遊び人の手管ってそういうものなんだ！）

引っかけられた感いっぱいで打ち震えていると、

「ちょっと待ってろ」

兎神が庭へ降りた。

すぐに白い草花を二輪摘《つ》んで戻ってくる。

「左手出せ」

奏多の左手を取ると、薬指に茎をくるりと巻きつけて結んだ。そして器用に自分の左手薬指にも巻く。白い花の指輪が二人の左薬指を飾る。

「結婚指輪な」

兎神が花に口づけた途端、それはそろいのシルバーリングに変わった。奏多の目が丸くなる。

「着替えてこい。服はのっぺらぼうに聞け」

背を押され、寝ていた部屋の方にうながされる。

現実感のない出来事に驚いてゆっくりと歩きながら薬指に嵌《は》まったリングを反対の指で

なぞると、胸に甘いものがこみ上げてきた。頬が熱く火照ってくる。

（ほんと、自分、チョロい……）

きらりと清廉な輝きを持つリングが、残り六日間の甘い新婚生活を約束している気がした。


「かなたせんせー、できた。みてー」

涼しげな作務衣に着替えた奏多は、耳にくっつくほどぴんと手を挙げる童子の机に歩いていった。

「はいはい、きみはえーと」

「あさぎ」

「あさぎちゃん。もうできたんだ、すごいね」

あさぎは得意げにうなずいて、解答が終わった算数のプリントを奏多に渡す。

「もえぎもできたー」

あさぎの隣に座っていたもえぎも手を挙げる。

「じゃあ一緒に答え合わせしようか」

「「はーい」」

二人の声がそろう。

奏多は両側を童子に挟まれ、先生気分を味わいながら添削を始めた。

あやかしに勉強を教えているという兎神は、奏多を六日間だけの臨時教師にした。生徒はほとんどが玉兎童子で、数人大人のあやかしもいる。人間の世界で買いものをしたり、共存のための知識を与えているという。

一見同じように見えた玉兎童子たちも、よく見れば年齢も容姿も少しずつ違う。るり、あおい、まつばなどみな和風の色の名前を持っていた。ちなみにあさぎともえぎは双子らしい。人間で言えば小学校一年生くらいの女の子である。絵本はこの子たちのためのものだろう。

「もえぎちゃん、八の数字のお団子が上と下で離れちゃってるよ。ここだけ直せば計算は完璧。あとで書き方練習しようね。あさぎちゃんも全部マル。二人とも、よくできました」

二人はそろって満足そうににっこり笑った。

なんて可愛いんだろう。将来の夢が小学校か幼稚園の教諭か保育士になりそうだ。

「かなたせんせー、つぎのもんだいだして！」

知識欲を満たすことに熱心な子どもたちは、きらきらした目で奏多の作務衣の袖を引っ張る。

「モフリーノ先生に聞いてくるから、ちょっと待ってて」

最初に聞いたときはどうかと思ったモフリーノという名も、この子たちがつけたと思うと親しみやすくていいんじゃないかと思う。

兎神は、大人のあやかしにキャッシュレスについての説明をしていた。

「モフリーノ先生、童子たちの次の課題なんですけど」

兎神は時計を見て、端に寄せて畳んである布団を指した。

「童子たちはそろそろ昼寝の時間だから、布団敷いてやってくれるか。それが終わったらおまえは昼飯に行ってこい。裏の厨《くりや》でのっぺらぼうが用意してるから」

「はい」

奥の畳の一角に布団を並べ、終わった順に昼寝をするよう童子たちに声をかける。それから厨に足を向けた。

「ちょうどええとこに。お昼、奏多はんのぶんしかあらしまへんさかい、悪いけどここで食べておくれやすか」

足つき膳の上に、ざるうどんが乗っていた。緑の葉が添えてあって、見た目も涼しげである。

「昨日《きんの》は宴会用の荷物で手一杯で、奏多はんのお昼のぶんまで買《こ》うてこられへんかったさかい、簡単なもんですんまへん」

「とんでもないです、ありがとうございます。美味しそう、うどん大好き」

自分たちは必要ないのに、わざわざ奏多のぶんだけ用意してくれているのだ。感謝こそすれ、文句などない。

「今日はいろいろ買うてきますさかい、夕飯楽しみにしとっておくれやす。あかんもんおしやすか?」

「特にないです、ありがとうございます」

子どもの頃は海辺育ちで祖母の手料理が多かったせいで、十代が敬遠しがちな魚も煮物も漬物も好物である。

「でも、のっぺらぼうさん買い物なんてできるんですか? 普通の人間には見えないんじゃ?」

だから久しぶりに人間である奏多に声をかけられたと言っていた気がする。

「普通の人間には、あやかしはそこにおしても道端の石ころとおんなじで気づくもんやあらしまへん。そやけどこっちが意識したら、人間に存在を認識させることも可能どす。そやさかい昔から、あやかしに脅かされたなんて話があるんやろう」

のっぺらぼうはリュックを背負うと、黒のロールアップサングラスをつけた。

「人間の里に行くときの、ボクの必需品どす。これやったら普通のサングラスと違うて、目ぇおへんことわからへんどっしゃろ?」

確かにぴたっと目に張りついていて、こめかみ辺りまで覆われている。さらに大きなマスクをつけて、顔の下半分を隠した。

作務衣にリュック、ロールアップサングラスとマスク。かなり不審者チックだが、警官に職務質問されたりしないのだろうか。

「ほな、行ってくるなぁ」

「いってらっしゃい、気をつけて」

心配しながらのっぺらぼうを見送り、姿が見えなくなってからうどんを啜った。

「おいし」

電気も通っていないあやかし世界でどうやっているのか、きりっと冷やしたうどんの涼やかなのどごしが、夏の暑さをやわらげてくれる。

厨の窓越しに外の緑を眺め、贅沢《ぜいたく》な時間だな、と思う。静かな空間に自分がうどんを啜る音だけを聞いていると、とても心が落ち着いた。何百年も前の日本にタイムスリップしてしまった気になる。

「ぼく、もしかしてここにいて楽しいのかな」

童子たちは可愛くて、のっぺらぼうは親切で、他のあやかしはまだよくわからないけれど、昨晩の宴会を見る限り明るく害のない存在ばかりだ。見た目で怖がっていたことが申し訳なくなるくらいに。

そして。

「……先生」

男らしい色気のある姿と声を思い出し、胸の奥がかすかに疼いた。ふと左手のリングに目が留まり、頬が赤くなる。

「たった一週間でも、ぼくの旦那さまなんだ……」

昨夜の行為を思い出してしまい、頬が真っ赤に染まる。

ふわふわの耳と対称的な、硬くたくましい男の体。何度も交わした吐息と、甘い言葉を囁く低い声。奏多の体を気遣いながら、好きなだけ甘えさせてくれた。

あの行為を、あと六回繰り返すのだ。

「心臓、破裂しちゃいそう……」

考えるだけで胸も頭も爆発してしまいそうで、慌てて残りのうどんをかき込んで自分の意識を誤魔化した。

食器を洗ってかごに伏せ、広間に戻る。

童子たちは布団の上で、雑魚《ざこ》寝で転がっていた。壁際の障子を開け放っているので、気持ちよさそうである。

兎神は柱に寄りかかり、扇子で自分を扇《あお》ぎながら童子たちを見つめていた。

そうしていると、優雅な平安貴族のようだった。兎神は奏多を振り向く。

「メシ食い終わったか」

粗野な言葉が見た目に合っていなくて、笑ってしまう。

「冷たいうどんをいただきました。美味しかったです」

「そりゃよかった」

兎神の隣に座ろうとしたとき、童子の一人が寝返りを打ったはずみに布団から転がり出た。戻してやろうと近づき――。

「ひ……っ！」

童子は目を開いたまま、死体のようにだらりと転がっていた。

奏多は大慌てで兎神のもとに駆け戻り、袖を引く。

「モモモモモモフリーノ先生っ、あの子、し、死んで……！」

あわあわと取り乱す奏多に、兎神はのんびりとあくびをしながら答えた。

「あん？　ああ、あいつら野うさぎだから、目ぇ開けたまま眠るんだよ。閉じるのもいるけどな。聞いたことねえか、うさぎは目を開けて眠るって」

「知りませんでした……」

うさぎならそこまで驚かないかもしれないが、人間の姿をしているとホラーだ。いちいち心臓に悪い。ちらっと他の童子たちを見ると、確かにみんな目を開いていた。

へたり込むように兎神の隣に腰を下ろし、胸に手を当てて動悸《どうき》をやり過ごす。

「奏多」

呼ばれて目を上げた瞬間、かすめるように唇を盗まれた。温《ぬく》もりも残らないほど短い時間で離れた兎神の唇は、からかうように横に引かれていた。

「童子のびっくりが別のびっくりに変わりましたか?」

「……別のびっくりに変わりました」

兎神はぷっと噴き出すと、奏多の頰をやさしく撫でた。

「おまえも一緒に昼寝しとけ。俺は人間世界側の大山の巡回をしてくる」

兎神が出ていってしまってから、奏多は糸の切れた人形のようにころんと横になった。

虫の声も聞こえない静かな空間の中で、自分の心臓の音がうるさいくらいに聞こえる。

「昼寝なんて、できないよ……」

目を閉じても、ぜんぜん眠気は訪れなかった。

＊

「……おい」

腕組みをして胡座をかいた兎神の前に回り、寝間着の帯でした目隠しが緩んでいないか確認する。

兎神は目隠しされたまま、口もとを歪ませた。

「なんの真似《まね》だ。恥ずかしいなら、目ェ閉じてりゃいいだろうが」

「だってぼくが目を閉じてても、先生には見えちゃうじゃないですか」

見られるのは恥ずかしいから。

そりゃあ兎神はいい。あんな理想的な体を持っていたら、むしろ見せびらかしたいくらいだろう。

昨夜は神酒の効果でそれどころではなく、部屋の灯《あか》りを気にする余裕もなかった。しかし素面《しらふ》の今日は違う。あんな表情やこんな姿を晒すことに抵抗がある。

寝室で二人になった途端、奏多は兎神に「お願いがある」と言って目隠しをさせてもらった。人間世界なら灯りを消してしまえば済むが、あやかし世界側のこちらはガスも電気も通っていないのでそうもいかない。

カセットコンロや電池式のカンテラなど、道具を用意すればキャンプくらいの生活はできるが、基本あやかしには必要ないので部屋の灯りも行灯《あんどん》である。

それだって奏多のために点《つ》けてくれているだけで、あやかしは夜目が利くものがほとんどだという。とすると、部屋を真っ暗にしても奏多には見えなくとも兎神には見えるということになる。

だったら物理的に兎神の目を塞《ふさ》ぐしかない。

「見えてませんね？」

「ああ」

神さまに目隠ししたところで効果があるかはわからないが、一応見えていないと本人は言う。

仕方ねえな、とぶつぶつ呟きながら、兎神が奏多に向かって手を伸ばす。

とっさに避けてしまって、兎神の手が奏多のいた空間をすかっと切った。

「おい、遊女とお大尽遊びしてんじゃねえんだぞ！　つかまえてごらんってか、ふざけんな！」

「すみません……。あの、どうしても……、セ、セ、セ……ッ、しないと、解毒できませんか？　他に方法は……」

口に出すのが恥ずかしすぎて、つっかえた上に小声になった。

「女とヤッてもいいが、あやかしと人間でも子ができることはある。おまえ、それは嫌だろ？」

「嫌です」

あやかしと人間の間に子ができるのかと疑問に思ったが、そういえば雪女とかの話で子を儲《もう》けていたなと思い出す。そういうこともあるのだろう。

いくらあやかしとはいえ、気持ちのない女性に対して自分がそんなことをできるとは思えない。だいたい、相手にしてくれる女性がいるだろうか。

あとは……、と兎神が顎に手を当てて首をひねる。

「口から飲んでも構わねえぞ。そっちにするか？」

「ごめんなさい、普通でお願いします！」

無理だ！

想像しただけで気が遠くなった。

「目隠しフェラってのも悪くねえな。いや、画的《え》に奏多を目隠ししていたずらした方がめちゃくちゃ興奮するか」

「ほんと許してください……！」

なんでほとんど未経験なのにそんなマニアックなこと！

「ま、気が向いたら口も使ってくれ」

絶対にない気がする。

兎神は布団の上に座り直すと、奏多に向かって両腕を広げた。

「ほら、俺は見えねえんだから、おまえから来い」

おずおずと近づき、兎神の耳に触れる。

と、長い腕が奏多を抱き寄せた。

腕と耳にくるまれ、厚い胸板に押しつけられてどきどきする。

「まったく……、俺の嫁さんは恥ずかしがりだ。とろとろにして乱れさせてやるから、覚悟しとけよ」

「お、お手柔らかに……」

体を強《こわ》ばらせた奏多に、兎神は笑いながら髪にキスをした。

胡座をかいた腿の上に座らせ直すと、きゅ、と奏多を抱きしめ、そっと頬ずりする。

やさしい感触に、くすぐったい喜びがこみ上げてくる。昨夜も混濁する意識の中で思ったが、いくら夫婦になったとはいえ、形だけなのにこんなに甘やかしてくれるものなのだろうか。

「今日はお疲れさん。童子たちも新しい先生にはしゃいじまってたから、大変だったろう。あいつらには人間が珍しいからな」

あれから午後はひらがなの練習と、夕方は縄跳びをして遊んだ。うさぎだけあって童子たちのジャンプ力は笑ってしまうほどすごい。奏多にいいところを見せようと競って、兎神に窘《たしな》められるほどだった。

みんな奏多に群がって人間や山以外の場所の話を聞きたがり、好奇心旺盛な様子が可愛くてたまらなかった。

「先生っていうより、遊び相手ですけど」

「そんなことねえだろう。褒めてやる気出させて、上手に教えてたぜ」

そんなふうに言われると照れてしまう。

男の腕の中にいるという緊張が、他愛のない会話でほぐれてくる。

奏多の背に回されていた兎神の手が肩を通り、うなじを撫でて顎を持ち上げた。指で奏多の唇の位置を確認し、器用に唇を重ねてくる。

触れた瞬間びくっと震えたが、すぐに兎神の巧みな口づけに搦め捕られた。

「ふ……、ふ、ぁ……、ん……」

やっぱり気持ちいい。

舌の裏側を舌先でくすぐられるとうっとりし、広い面同士を重ねてすり合わされれば甘い唾液が溢れた。

脚の間がじんじんと疼き、兎神の腿の上で無意識に尻を揺り動かした。

「あ……」

気づけば寝間着の帯がほどかれ、奏多の裸体が露《あら》わになっている。

一枚しかない下着は洗って干してあるので、寝間着の下はなにも身につけていない。若い奏多の体はキスだけですっかり勃ち上がっていた。

手探りで奏多の腿を撫でた兎神の手が雄芯にたどり着く。思わず兎神の手をつかんでしまったが、低く笑われた。

「この体勢だと可愛がってやりにくいな。後ろ向け」

軽々と持ち上げられ、背中から抱きしめる格好に座り直させられる。背中全体に体温を感じると、密着感が高まって余計に鼓動が早くなった。

「あっ！」

兎神が奏多の腿裏をすくい上げて両脚を大胆に広げ、膝に引っかけて閉じないようにした。がばっと広げられ、陰部が丸出しになる。

「こ、これ……っ！」

「どうせ見えねえんだから構わねえだろ」

そうなのだけれど。

「惜しいな。目隠し外して目の前に姿見でも置きゃ、おまえのすげえエロい姿が見られるのに」

「へ、変態……！」

兎神は暴れる奏多を抱きしめ、笑いながら首筋を吸う。

「神ってのはエロいこと好きな生きものなんだよ。慣れろ」

「無理です！」

たった二日で慣れられるわけがない。

「いいから素直に感じてろ」

下腹を撫でられ、期待した陰茎がひくりと震えた。

だが兎神の手は期待を裏切って上へと移動する。手のひらで胸を包まれたと思うと、女性のように揉《も》みしだかれた。

快感を与えると言うより、兎神という男の存在を奏多に覚えさせていると感じた。

「可愛いな。おまえの乳首がぷっちりと勃って、俺の手のひらに甘えてる。知ってるか、乳首も勃起するんだぜ」

存在を意識させられると、途端に乳首に熱が生まれる。

兎神が中指の腹で、奏多の両乳首の先端を丸く撫でた。

「あ……、ん……」

触れるか触れないかのソフトタッチで、逃げようと思うほどの刺激はない。だが時間が経つごとに、身を委ねているのがもどかしくなってきた。

もっとはっきりした快感が欲しくて、自然に自分から指に押しつけるように胸を膨らませてしまう。

「強く触って欲しくなってきたろ?」

唇で耳朶《じだ》を挟みながら言われ、きゅっと目を閉じた。

認めたくないけれど、体が昨夜《ゆうべ》の快感を覚えている。怖がる奏多に無理矢理与えるのではなく、自発的に求めるよう導かれている。

恐怖心より、快楽への欲求が勝つように。そういう意味でも、兎神は〝上手い〟のだと知った。

さんざん焦らされ、人差し指と中指で上下から乳首をつままれたときは、仰《の》け反《ぞ》るほど感じた。

「あああっ、ん……！」

自分でも驚くような甘い声が漏れ、続けて尖った乳首を引っ張り出されて指の間で転がされると、頭を打ち振るって嬌声を上げた。

「やだっ、ああっ……、ど、して、こんな、感じるの……っ」

自分で弄ったこともない、触ってみようとも思ったことのない小さな粒が、こんなに鮮烈な快感を連れてくる。

「やらしい体してんだよ」

「ち、ちがう……っ！」

意地悪な言い方をされ、傷ついた。

兎神の手を引き剝《は》がそうとする奏多の手を簡単に押さえ、体ごと抱きしめて耳にキスをした。こめかみや頰を唇でなぞりながら慰める。

「ごめんな、可愛いから虐めたくなっちまった。俺の指に感じてくれんの嬉しいぜ。な、怒るなよ。……奏多？」

最後に語尾を上げて名前を囁くのはずるい。

傷つけられたのに、許さない自分が狭量な人間に思えてしまう。やさしい言葉で機嫌を取られるのが嬉しいと感じてしまう。

きっと謝罪の代わりにうんと奏多を甘やかして気持ちよくするのだろうと、期待を持たせるやり方だ。そしてすでに彼の思惑どおり、期待させられている自分がいる。

「先生……、ずるい」

兎神がふっと奏多の耳もとで笑った。

「そうだな。ずるい大人に引っかかっちまったなぁ。だから全部俺のせいにして、おまえは楽しめよ」

顎を取られて振り向かされ、不自由な体勢で肩越しに軽くキスを受ける。

それを合図に、今までとは明らかに違う、より濃厚な行為へと進むための愛撫《あいぶ》が始まった。

「んんっ……」

雄茎を握られ、ゆるゆると扱かれる。

媚薬などなくても経験が浅くても、男ならそこは簡単に感じる場所だ。しかも他人の手は自分より格段に気持ちいい。

「ん……、ん……、あっ、は……」

息が上がっていく。

階段を駆け上がるように快楽が高まっていくと、ふっと手を緩められる。

「う……、く……」

それを何度か繰り返され、焦らされた脳は射精への渇望だけが膨れ上がった。

――イキたい……、イキたい……、……イカせて！

「先生、もうっ……！」

堪え切れずに自分から尻を揺らした。尾てい骨に、熱くて硬いものがゴリリっと当たる。

涙の溜まった目で振り向いて見下ろすと、奏多の背中まで届きそうな兎神の性器が隆々と勃ち上がっていた。

「む……、むり……」

こんなのとても挿入《はい》らない。

「大丈夫だ、昨日も挿入ったろ」

「でも……」

兎神は手探りで枕の下から昨夜も使った薬瓶を取り出した。

「俺があやかしの森の薬草から作った特殊な薬だ。おまえの体に負担をかけずに交われると言っても、ある程度ちゃんと拡げてやらなきゃいけないけどな。自分で中まで塗れるか？」

「できません……」

兎神に見えていなくても、首をふるふると横に振った。

「やってやる。寝間着を脱いで、布団に手ぇついて腰を上げな」

恥ずかしかったけれど、兎神からは奏多の姿が見えないから、かろうじて言われたとおりにする。

瓶の蓋を開けると、かすかに甘い香りが漂ってきた。どこか安心する、やさしい香りだ。体だけでなく、心まで宥めてくれる薬なのかもしれない。

「ほんとは舐めてほぐしてやりてえけど、そしたらおまえ逃げるだろ」

想像しただけで頭の後ろが燃えるほど羞恥に襲われた。兎神は奏多の性格をわかっている。そんなことされたら恥ずかしくて心臓が止まってしまいそうだ。

兎神の両手が奏多の尻を探り、秘められた孔の位置を確認する。片手で臀部を押さえたまま、兎神が人差し指と中指の二本で軟膏《なんこう》をたっぷりとすくって乗せた。

「ひぁ……っ」

敏感な肉襞が一瞬ひやりとし、指で表面に塗りたくられるとすぐに温かくなっていった。体温で軟膏が溶け、にちにちと淫靡な粘音を立てる。

様子を窺うように指先で中心をつつかれると、緊張した襞がきゅんと締まった。

「う……」

自然に侵入を防ごうとしてしまって、上手に力が抜けない。

かすかに笑った兎神の手が奏多の内腿から尻をいやらしく撫で、脚のつけ根をぐっとつかんだ。

「あ……」

そのままマッサージするように揉み上げ、こね回し、指に力を込めてつかんだり離したりする。温かい手で揉みほぐされる肉が気持ちいい。

「あ、ん……、ん……」

だんだん体から力が抜けてくる。いつしか布団に肘と額がつくほど前傾し、リラックスして心地よさに浸っていると――。

「あっ！」

ぬるり、と指が奏多の内側に侵入《はい》り込んだ。驚いた肉襞がとっさに指を締めつけるが、滑ついた異物がゆっくり隘路《あいろ》を開いていく。

「ひ……、あ……、ぁ、」

逃げそうになる腰を手で押さえられ、内側にぐるりと軟膏を塗り込められる。すぐにじんわりと熱が点《とも》って、粘膜がうずうずと蠢《うごめ》き出した。襞口が震え、すぐにもっと強い刺激が欲しくなってきた。

侵入ってきたときと同じ緩やかさで一旦爪まで引き抜かれた指は、次はもう一本の指を伴って奏多の中に潜り込んでくる。

「く……、んん……」

薬の効果か、拓《ひら》かれる感触はあるけれど痛くはない。軟膏が指の滑りをよくして、ぬるん、ぬちゅん、と耳を塞ぎたくなるような音を立てる。途中で足された軟膏が孔の周囲に溢れてしたたり、体の奥に流れ込んで、淫靡な甘痒《あまがゆ》さを連れてきた。奥までこすって欲しくてたまらない。

「あ……、あ……、へん、だよ……、おくの、ほう……」

腰の奥が収縮してむずむずする。昨夜の凶悪なほどの摩擦を体が求めていると嫌でもわかり、そんな自分に戸惑った。

「ぜんぜん変じゃねえよ。薬使ってるし、神酒の毒が残ってるしな。欲しくなって当たり前だ、恥ずかしがらなくていい」

薬と神酒の効果で当たり前だから、恥ずかしがらなくていい。奏多がいやらしいんじゃないと。

安心できる言葉をもらえて、心の強ばりが解けていく。なにも考えず兎神に任せてしまえばいい。また昨日みたいに上手に奏多を助けてくれる。

「はぁ……、ん、あ……」

そう思うと、締めつけがちだった孔の緊張がとけて柔軟に指を受け入れた。

「上手だ、奏多。それでいい」

受け入れやすくなった孔に指が増やされる。指で拡がる部分よりもっと奥、兎神の長大な男根でしかかき混ぜられない部分が、溶けた薬でとろとろと濡らされてますます体奥が切なく疼く。粘膜がびくびくと波打って、こすられたがっているのがわかる。

でも口に出して求めるのは恥ずかしくて。

頬を布団に押しつけたまま首を振り、必死に情動を押し殺す。

「尻動いてるぜ」

ちゅ、と高く掲げた尻たぶにキスをされ、羞恥でカッと頬が染まる。

反射的に逃げそうになった腰を抱えられ、長い二本の指が奏多の恥骨側の肉壁を探ったと思うと。

「あああーーー……ッ!」

目もくらむような快感に襲われ、思わず腰を浮かせた。

すでに快楽を欲して膨らんでいた敏感な器官を責め立てられて嬌声を上げる。

「ああっ、……っめ、だめっ！　だめ、そこ、やだ、やだ、やぁぁぁーー……っ！」

力任せにシーツをつかみ、頭を振り立てる。

ぐちゃぐちゃと卑猥《ひわい》な音を立ててかき混ぜられる肉襞が緩み、蕩けて溢れる軟膏が愛液のように腿を伝う。

薬の甘い香りと快感が絡み合い、脳を痺れさせる。

動きに合わせて上下に揺れる陰茎が下腹を何度も叩き、淫らな透明の糸が腹と先端の間に引いた。

「やあああ！　も、……や、やめて、そこ……、あああぁぁっ、ひゃう……っ!?」

じゅぽん！　と突然指が引き抜かれ、快楽の源を失った孔が喪失感に震えた。

「う……、あ……」

首をひねって兎神を見ると、濡れた手指をひらめかせて淫猥な笑みを浮かべていた。目隠ししたままの笑みがより淫らさを強調していて、奏多の肌が粟立《あわだ》つ。

「すげえやらしい匂い……、興奮する……」

言いながら、兎神は自分の男根を濡れた手で数回扱いた。奏多をえぐらんとする雄がぬらぬらと光って、凶悪さを増す。

両手で奏多の腰骨をつかんだ兎神が、膨れた雄の先端を奏多の肉襞に当てた。ぐっ、と圧がかかり、衝撃に備えて固く目を閉じる。

が。

「あ……っ！」

ずるっ、と雄が滑って、肉襞をかすめて外れてしまう。

薬のせいで滑ったのかと思いきや、兎神はそのまま奏多の尻肉を寄せ、狭間《はざま》に雄を差し入れて上下にこすり始めた。

「あ……、や、なに……？　あ……っ、やだ、なにして……んん、んぁ……」

熱く硬い肉の棒が、長いストロークで狭間を往復する。兎神が男根の亀頭の繋ぎ目から根もとまでを使い、炙《あぶ》るようにこすられた肉襞に火が点ったように熱くなった。

甘い匂いが香り立って頭がくらくらする。焦らされる肌が熱く燃えて、全身が淫らに汗ばんで薔薇色に染まる。

「なか……、なか、ほしい……！」

兎神の動きが変わり、また先端を襞に押し当てる。今度こそ望んだ刺激が来ると思ったのに。

「んあっ……！」

今度は兎神の男根が奏多の腹側にずるりと滑り込んだ。肉の竿同士をごりごりとこすり合わせる。腹と巨大な男根に挟まれた奏多の雄蕊が、痛いほど感じて快楽の露を零した。

脚のつけ根を通る肉が濡れていて熱い。肉棒でやわらかな種袋ごと性器をこすり続けられ、とうとう涙声で訴える。

「どう、して……っ？」

挿れてくれないんだ。

兎神は動きを止めないまま、昂《たか》ぶった息を漏らした。

「どうしてって……、見えねえから、狙いが定まらねえんだよ」

嘘《うそ》だ。

わかっているのに、欲しがる体が限界を訴えて、気づけば叫んでいた。

「めかくし、とっていいから……！」

目隠しをむしり取った兎神の視線に、心まで貫かれた気がした。奏多を見つめる赤い目の温度にぞくぞくと背筋が痺れる。

舌で唇を湿した兎神の色っぽさに、心臓がどくどくと音を立てる。

ゆっくりと自分を割って侵入ってくる熱塊に、待ち望んでいた肉壁が歓喜してしがみついた。精を搾り取ろうと、粘膜が勝手に締めつけを強くする。

「すげ……」

兎神がうめくように息をついた。

「こんな悦《よろこ》ばれたら、ますます可愛くなるだろ」

吸着する肉を振り切って、膨らんだ亀頭が奥に進んでくる。

「ああ……、あ……、ぁ………」

腰が壊れそうに拓かれているのに、止めて欲しくない。内臓をえぐられていく感触に、吐き気の混じった快楽が口もとまでせり上がる気がした。

背に被さってきた兎神が、シーツに爪を立てる奏多の手を握って耳朶に口づけた。

「わかるか？　昨日より少しだけ奥まで入ってる」

わからないけれど、とても深い。

は、は、と浅い呼吸を繰り返しながら涙を零す奏多の手の甲を愛《いと》しげに親指で撫でた。

「イキたくなったら、そのまま出していいからな」

「ひゃ……、あああああっ……！」

すぐに始まった嵐のような律動に呑み込まれ、奏多の意識は真っ白に弾け飛んだ。

5.

…………もしも自分が里の民だったら、今すぐあなたの手を取って駆け出すのに。

言えない想いを、何度呑み込んだろう。

月を見るたび、あなたを思い出す――――。


――なにか、悲しいような嬉しいような、不思議な夢を見ていた気がする。

内容は思い出せなくて、ただ自分が眠りから覚めつつあると、奏多は夢とうつつの間を彷徨《さまよ》いながらぼんやりと感じた。

（あれ、なんか……）

やたらに気持ちがよくて、奏多は目を閉じたまま眉を寄せた。

「ん……」

小さな声を発したとたん、性器全体が温かくぬるついたものに包まれて驚いて目を開けた。

「せ、先生……っ、なにして……⁉」

一瞬、現実に頭がついていかなかった。

奏多の寝間着の下半身を割った兎神が脚の間に潜り込んで、そそり立つ肉棒を咥えていたのである。

兎神は見せつけるように舌全体で裏筋をべろりと舐め上げながら、奏多の陰茎越しに赤い目を細めた。

「しゃぶって欲しそうに勃ってんのに、慰めてやらなきゃ可哀想だろうが」

「生理現象ですからっ……！」

起き抜けに勃っているのは、若い男なら普通のことだ。

兎神の頭を押しやろうとした手を簡単に恋人繋ぎに変えられ、ずるる……、と吸引される。

「うあ……」

抗《あらが》いようのない初めての快感に、薄い胸を膨らませた。

「まだここ、口で可愛がってやってなかったからな」

エッチな動画でしか見たことのない行為を自分がされている。視覚だけでも、心臓が爆発するかと思うほどいやらしくて興奮する。

ものすごく気持ちがいい。でも自分にはできない行為を兎神にさせていると思うと、気持ちがいいぶん申し訳なくなる。

「でも……、そ、そんなこと……」

「俺がしてえんだよ、させろよ」

したいと言われれば、もう抵抗できなかった。

真っ赤になって、できるだけ兎神を見ないよう、繋いでいない方の手で自分の目を隠す。

だが視界を隠したら、余計に舌の動きをリアルに感じてしまった。

熱く湿る口腔《こうこう》に全体を収められ、唾液を絡めてぐちゅぐちゅと転がされる。

「ん……、あ……、はぁ、ああ……」

手でされるのとはぜんぜん違う。温かくて、口の筋肉と舌がいやらしい道具みたいに奏多の陰茎に纏いつく。

口中に含まれたまま先端を舌でなぞられ、唇で茎全体を扱きながら吸引されれば、あっけなく登り詰めた。

「出るっ……！　先生、出るから、口、離して……！」

このままでは口に出してしまう！

兎神の耳を引っ張り、頭を引き剝がそうとする。

「このまま出せよ、飲んでやるから」

「やだっ！」

絶対に嫌だ！

口でされるのだって心臓が壊れてしまいそうなのに、そんなことまでされたら興奮を通り越して怖くなってしまう。まだ初心者の奏多には行きすぎた行為なのだ。

奏多の本気の拒絶を感じたのか、兎神はぎりぎりで口を離すと、最後は手で扱いて精を搾り取った。

「あ……、はぁ……」

間に合った。口の中に出さなくてよかった。

「なんだよ、飲みたかったのに」

兎神は奏多の精を受け止めて汚れた手をウェットティッシュで拭いながら言う。

奏多の胸に、小さな疼きが広がった。

「……そういうの、他の人ともするんですか」

聞いた瞬間、自分が嫉妬しているように感じて戸惑う。

ばか、兎神は人間ですらないのに。もしかしたら吸血鬼みたいに、あやかしにとって人間の体液が好物とか、そういう裏事情があるのかもしれない。

だが兎神は軽く否定した。

「しねえよ。特別な相手じゃなきゃそこまでしようって気にならねえ」

特別、という言葉に胸がきゅんとした。

「嫁さんだからな」

「あ……、そう、ですよね……」

そうだった。すぐ忘れてしまう。

特別な好意を向けられているのかと、一瞬勘違いした自分を恥ずかしく思った。

朝から元気のもとを抜かれてぐったりと布団に沈み込む奏多の寝間着の乱れを手早く直した兎神は、口でしたばかりなのを気遣ってか、唇ではなく頬にキスをした。

「おはよう。よく眠れたみたいだな」

順番が違うと思いながら、奏多も「おはようございます」と挨拶を返す。

「毎朝こうやって起こしてやろうか」

「朝から悪いことした気分になるから結構です」

すごく気持ちよくて流されてしまったのがまた情けない。

兎神は奏多の額にかかる髪を梳《す》き上げながら、耳たぶを指でもてあそんだ。

「新婚なんだから、朝からイチャつくのなんか当たり前だろ」

新婚、という響きが甘酸っぱくて、奏多の目もとに朱が刷かれる。つい枕に顔を伏せた。

「なんだよ、照れてんのか。あー、新婚旅行行きてぇな。二人っきりで一日中イチャつきてえよ。そしたら奏多の体目いっぱい開発してやるのに」

「遠慮します……」

今でさえめちゃくちゃ感じさせられてるのに、体が保《も》つ気がしない。

兎神は楽しげに笑って、奏多の髪をくしゃりとかき混ぜた。

「いろんなとこ連れてってやりてえなぁ」

遠い憧れを語るような声に聞こえて、気になって顔を上げる。

兎神は、開いた窓から空を見ていた。

寂しげな横顔は、なにを見つめているのだろう。表情は笑っているのになぜか泣きそうに見えて、目がそらせなかった。なにかが奏多の胸の奥で渦を巻いている。でもそれがなにかはわからない。

奏多の視線に気づいた兎神が、いつもの笑みを浮かべながらこちらを向いた。その表情にはもう、寂しげな影など欠片《かけら》もない。

「どうした、色男すぎて見惚《みと》れたか」

「……はい」

兎神は口端をつり上げると、奏多に覆い被さってきた。

「素直だな、もう一回するか？」

冗談めかした口調で言われたので、奏多も軽く返せた。

「それはいらないです」

「なんだよ、おまえから誘ってくれたと思ったのに。じゃまた夜な」

案の定、本気でなかったらしい兎神は簡単に体を離して立ち上がった。

涼やかに伸びた背筋と、意志の強そうな横顔。寝間着の浴衣であっても、男ぶりのいい兎神が着ると絵になる。

「そういや奏多、おまえもうすぐ誕生日だな。なんか欲しいものあるか？」

「ぼく、自分の誕生日言いましたっけ？」

兎神は一瞬言葉を考えたようだったが、

「神さまはなんでもお見通しなんだよ」

表情にはなんの変化もなく、奏多の思い過ごしかもしれない。

「神さまからのプレゼントってなんかすごそうですね」

「おう、なんでも言えよ。牛とか馬とか、なんなら誰よりもデカいイチモツが欲しいとか」

ぷは、と笑ってしまった。

「なんですかそれ、いりません！」

兎神も笑っている。

「ま、なんか希望があったら言えよ。全知全能ってわけにゃいかねえが。さあ、そろそろ朝飯食ってまた玉兎童子たちの勉強見てやってくれ、奏多せーんせ」

「はい、モフリーノ先生」

兎神が出ていってから、奏多も作務衣に着替えるために立ち上がった。

寝間着を脱ぎながら、今日はどんな一日になるだろうと想像してわくわくする。

あやかしが見えるようになってから人づき合いはめっきり減り、こんなふうに一日の始まりが楽しみなのは久しぶりだ。

すぐに奏多をからかってくる兎神とのやり取りも、空気が軽いせいか引っ込み思案な自分らしくなく強気に言い返せてしまう。

のっぺらぼうや玉兎童子たちといるのも息苦しくなくて、息を潜めるように暮らしてきた自分が、ずっと忘れていた呼吸を取り戻しているような気がした。

「あと五日、かぁ……」

たった二日で、ここから離れるのが寂しく感じるようになるなんて。

でも家に帰らないわけにはいかない。あやかしが見えなくなれば、奏多もきっと普通の人間と同じ暮らしに戻れるのだ。もう怖い思いをせずに済む。

「奏多はーん、着替えはりました？　御味御汁《おみおつけ》あったためておすえ～」

廊下の向こうからのっぺらぼうに声をかけられ、奏多は洗濯物を手に急いで部屋を出る。

「はーい、今行きます」

よく磨かれた廊下を早足で厨に向かいながら、今日も暑くなりそうだと思った。

午前中は玉兎童子たちに奏多の知っている童謡を教えてやりながら遊び、午後は洗濯や掃除などの雑用を手伝った。

「よ……っと、重っ……！」

バーベキュー用の薪《まき》を持ってきて欲しいとのっぺらぼうに言われ、裏の小屋で束になった薪を抱えた。持ち上げると予想より重く、よろけてしまう。

「わ……！」

危なく転びそうになったとき、誰かが斜め後ろから奏多の背を支え、大きな手で軽々と薪を取り上げた。

「あ、すみませ……、うわっ！」

振り向くと、宴会で会った巨大なひとつ目の鬼だった。

逃げ場のない小屋の中で遭遇してしまい、奏多の肝が縮み上がる。慌てて飛びすさり、薪の山に隠れた奏多に、鬼は背を丸めて言った。

「人間、オレのこと、怖いよな。ごめん」

そして両手に薪を抱えると、「手伝う……」と小さく呟いて小屋から出ていった。

傷ついた気持ちが伝わってきて、激しい後悔に襲われた。見た目が恐ろしくとも、兎神だって彼らは害のない存在だと言っていたではないか。転びかけた奏多を助けてくれ、怯えて失礼な態度を取ったのに手伝ってくれて……。

「ま、待って……！」

急いで追いかけ、鬼の衣を引っ張る。

驚いて振り向いたひとつ目はやっぱり怖くて、心臓がきりりと痛んだけれど。

こくりと息を呑み、わずかに息を継いでから言った。

「あの……、ごめんなさい、びっくりしただけで……。ありがとうございます……」

緊張する奏多を目を見開いて見つめた鬼は、やがて照れくさそうに相好を崩した。

「オレ、力仕事しかできないから。いつでも言ってな」

赤黒い顔が色濃くなったのは、赤面したからか。

なんだか可愛く見えて、親近感が湧いた。

「ありがとうございます、助かります。ぼくは奏多と言います。えっと……」

「金熊《かねくま》」

「金熊さん。よろしくお願いします」

金熊と名乗った鬼は、はにかんだような笑顔でうなずいた。

奏多にはひと束持ち上げるのが精いっぱいの薪を、両手にふた束ずつ楽々と持ち上げる金熊の後ろ姿は頼もしい。親切心から声をかけてくれ、奏多が怖がるだろうと気遣う心も持っている。

それは普通の人間と変わりなく、これまで見た目で怖がっていたあやかしたちがとても身近な存在に思えた。

同時に、未知の存在だからという理由で避けていたことが恥ずかしくなった。

知らないなら、知ればいいのでは？

見えても見えなくても、彼らはこうして存在している。なにか悪いことをされたわけでもないのに、知ろうともせずに拒絶するのは罪にすら思えた。

もしも自分があやかしの立場になって、なにもしていないのに誰かに怯えられたら悲しい。見えないように、気づかれないようにと息を潜めて、人目を避けて生活しなければならなくなったら苦しい。

人間にだって、恐ろしいことをする人はいる。だから無条件に人を信頼することはできない。伝承では悪さをするあやかしも多い。でもここにいるあやかしたちは、兎神が見守っている。

少なくとも、悪い存在ではないと兎神が請け合っているなら、それは信じてもいい。

「……知ってみよう」

せめて、ここにいる間だけでも。

周囲をぐるりと見回す。薪の裏に、さっと隠れる黒い影があった。今までなら怯えて逃げ出していたところだけど。

ごくりと唾を呑み、やさしく声をかけた。

「誰かいるの？　ごめんね、隠れてるとぼくも怖いから、姿見せてもらっていい？」

返事はなかったが根気よく待っていると、しばらくして薪の端から黒いものが染み出すように姿を現した。

いつか奏多の自転車のサドルにくっついていたのと同じ、べっとりとした黒い影だ。

「きみ、しゃべれる？　しゃべれないかな。でも、ぼくの言ってることとわかる？」

影は同意するように、伸び上がって「ぽ」と鳴いた。

意思の疎通ができていると感じ、俄然心が浮き立った。

「あのね、今まで怖がっててごめんなさい。ここにいる間、きみたちのこともっと知りたいと思って。もし嫌じゃなかったら、仲よくしてくれると嬉しいんだけど」

影はためらうようにウロウロしている。その様子でぴんときた。

(この子もぼくが怖いんだ)

ぱあっと、頭の中の霧が晴れたような気がした。

交流のない存在を怖がる気持ちが相手にもあると、どうして気づかなかったのか。人型をしていない彼らにも感情があるなんて思っていなかったからだ。

あやかしにしてみれば、なにもしていないのに気味悪がられて嫌われて、もしかしたら迫害してくる人間の方がよほど怖いだろう。自分ばかりが怖いと思って傷つけていた。

ポケットに昼ご飯のときにもらったまんじゅうがあるのを思い出し、取り出してみる。

「これ食べる？　あ、毒とか入ってないよ。半分こしようか」

まんじゅうを二つに割り、しゃがんで影に向かって半分差し出しながら、自分でも口に入れる。

「美味しいよ、どうぞ」

影は奏多が飲み込むのを見て、やっと体をくねらせながら近づいてきた。なんだか野良猫を餌《え》づけしている気分になる。

影がまんじゅうを齧ったとき、奏多の胸にふんわりと温かいものが広がった。影が後ろを振り向き、「ぽ、ぽ」と小さく鳴くと、小型の影が三匹、薪の裏から這《は》い出てきた。

小型の影たちがまんじゅうに群がり、美味そうに齧っていく。

「もしかして……、子どもたち？　きみ、お母さん？」

可愛い！

奏多が影にまんじゅうをあげていると、薪を取りに金熊が戻ってきた。

「おう、まんじゅうもらってるのか。よかったなぁ、火影《ほかげ》」

「火影っていうんですか、可愛いですね」

「火のあやかしだ。風呂沸かしたり飯炊くときなんか、火ィ点けてくれる」

では、奏多が入っている風呂ものっぺらぼうが料理を作ってくれるときも、火影が火を点けてくれているのだ。

「知らなかった、ありがとう」

怖いばかりだったあやかしが、どんどん身近に思えてくる。

「金熊さん、薪一人で運ばせちゃってごめんなさい。あとはぼくがやりますから」

「いいってことよ。言ったろう、オレ、力仕事得意だから。じゃあ奏多は、氷室から氷取ってきてジュース冷やしといてくれ。氷室は山の防空壕《ぼうくうごう》跡な。中に雪女いるけど、いい奴だから。声かけたら砕いた氷くれると思う」

「はい」

雪女なんて聞いたら、これまでだったらそれこそ震え上がって関わり合いになりたくないと思っていただろう。だけど今は、色々なあやかしを知れるのが楽しい。

奏多は足取りも軽く、バケツを持って言われた氷室に向かって駆けていった。


組んだ薪の間に火影が入り込むと、ボッと赤い炎が燃え上がる。

大型のバーベキューグリルを庭に三つも置いて、たくさんの妖怪が集まってきていた。まるで町内会のバーベキュー大会だ。

火影の子どもたちが奏多の足もとにすり寄り、食べものを分けてくれとねだる。焼けたソーセージをちぎって差し出してやると、懸命に齧る姿が可愛かった。

ふと、煙や火を出して大丈夫なのかと、隣にいる兎神に尋ねる。

「こっちの世界でバーベキューしても、人間世界側には見えないんですよね？」

兎神はビールを傾けながら「ああ」と返事をした。

「あっちの世界を模しちゃあいるが、別の空間だからな。あやかしのシェルターみたいなもん？　土地神の残ってる地域にはあっちこっちにあるぜ。大きさも土地神の力の強さによってまちまちだ。家程度のちっちゃい空間とか。基本的に人間は入れないが、たまーに間違って迷い込んじまうことがあると、やれ神隠しだ妖怪に化かされただってえ話になる」

なるほど。

首に手ぬぐいを巻いてバーベキューを焼いているのっぺらぼうが、続きを引き取った。

「たいがい土地神はんはよそもん好かんもののなんどすけど。モフリーノせんせは、ボクらみたいな他の土地から流れてきたあやかしも受け入れてくれはって助かりますのや。そやおへんと、人間世界でこそこそ暮らさなあかんさかい」

「余裕があるなら寝床くらいケチケチすんなってんだよな。俺の土地は今は大して広かないが、バカみたいにだだっ広い空間持ってる土地神もいるんだぜ。ま、水の合わないあやかし引き入れてトラブルになるのは面倒だってえのはわかるけど」

「今は、ということは、前はもっと広かったんですか？」

なんの気なしに尋ねると、ふと兎神の表情が硬くなった。

と思ったのは一瞬で、すぐに笑ってまたビールに口をつけた。

「そんときによるってことだよ。ビールなくなっちまった。もう一本取ってくる」

兎神が離れると同時に、

「奏多ぁ、こっち、肉焼けてるぞぉ」

金熊に呼ばれ、皿を持って移動する。食え食えと肉を山盛りに皿に乗せられ、お礼に金熊の好きなジュースを持っていくと、とても喜んだ。

「知らないうちに仲よくなってんじゃねえか」

ビールを持って戻ってきた兎神が、奏多の肩に腕を回す。

「はい。さっき薪運ぶの手伝ってもらって」

「ふーん。俺だって、言ってくれたら手伝ったのに」

兎神は唇を尖らせたかと思うと、

「俺にもひと口」

あーん、と口を開けた。

肉をひと切れ箸でつまんで口に入れてやると、金熊に囃《はや》し立てられた。

「ちょっと、新婚だからって見せつけないでくださいよ！　オレ先生の嫁っこちゃんと、ヤキモチ焼かれるようなことしてないですから！」

「え、先生妬《や》いてたんですか？」

驚きとともに兎神を見ると、不敵な笑みを浮かべていた。妬いている素振りなど微塵《みじん》もなく、なぜか少しだけがっかりしている自分を不思議に思う。

「さあ？　奏多が楽しいならいいんじゃねえ？　あやかしどもと仲よくなったんなら、俺も嬉しいぜ。これなら一緒にいなくても平気だな、楽しめよ。俺も食ってくる」

兎神は奏多から手を離すと、笑いながら軽やかに歩いていってしまった。

のっぺらぼうはバーベキューを焼くのに忙しくしているから、あやかしに馴染めない奏多がひとりぼっちになったら可哀想だと気にしてくれたのだろう。

やさしいな、と後ろ姿を見ながら胸にこみ上げる甘酸っぱい思いをこくんと呑み込む。

「奏多ぁ、オレの友達紹介するぞぉ」

金熊に手招きされ、兎神を見つめていた視線を慌ててバーベキューの方に戻した。

「はあい」

金熊の近くに、人型だけれども一本足だったり毛むくじゃらだったりするあやかしが立っている。彼らはなんというあやかしなんだろう。

とても楽しくなっている自分に、現金だなと心の中で苦笑した。

「はー、お腹いっぱい！」

心地よい疲れを感じながら、奏多は布団に寝転んだ。

みんなでわいわいとバーベキューの片づけをし、用意しておいてもらった風呂で髪と体を洗ってさっぱりした。

あやかしたちとの時間が楽しすぎて、思い出し笑いしてしまうほどだ。

「楽しそうだな、奏多」

ほほ笑んだ兎神が覆い被さってきて、どきりとした。

「おまえが楽しそうな顔を見るのは俺も嬉しい」

ちゅ、と軽く唇を合わせられて、あまりに自然に受け入れてしまう自分にびっくりした。

高揚した気分がそうさせるのだろうか。

兎神が喜んでいるという言葉が奏多にも嬉しくて、すごく甘えたくなった。目の前に垂れてきた長いふわふわの耳を引き寄せた。

「ぼく、ずっと友達がいなかったから、こんなふうにバーベキューやるの子どもの頃以来で、すごく楽しかったです。ありがとうございました」

「準備したのは俺じゃねえよ」

「のっぺらぼうさんにも、また明日お礼言っておきますね」

たくさんのあやかしと知り合えた。

言葉がしゃべれるあやかしばかりではないし、奏多を遠巻きにして近づいてこないあやかしもいたけれど、みんなそれぞれ楽しんでいるのが伝わってきた。

夢見心地で兎神の耳に頬ずりしていると、兎神が奏多の頬や耳に口づけ始める。

「あ……」

するりと大きな手が寝間着の胸元に滑り込み、体を硬くした。昨夜も痴態を見せて、今さらな気もするが。

「えっと……、め、目隠し、とか……」

「嫌だ」

「え」

即答されて戸惑う。

兎神を見上げると、金熊に妬いていると言われたときと同じ笑みを浮かべていた。

「おまえの喜ぶ顔は嬉しいが、俺以外がおまえをそんなに喜ばせるのがちょっと悔しいのも事実だ。……夫しか見られないおまえの表情が見たい」

指先で頬をなぞられ、心臓がどきどきして顔が熱くなる。

笑みを浮かべたままゆっくり重なってくる唇を、身動きもできずに受け止めた。

「ん……」

兎神の舌が奏多の唇を割って、口蓋をくまなく舐め回す。兎神が奏多の手を探し、指の間に指を入れる恋人繋ぎで強く握ってくると、口づけがより深さを増した。

吐息の合間に、濡れた声で兎神が囁く。

「俺の奏多だ……」

もう、心臓が爆発しそうだ。

やっぱり妬いてたんじゃないか、と思ったら、胸の奥がくすぐったくてむずむずした。

硬さを帯びた雄が腿に当たり、すでに閉じていたまぶたをさらにぎゅっとつぶる。

「奏多……」

自分の嫁という立場の人間が他のあやかしに笑顔を向けた。ある意味所有者としての独占欲という〝嫉妬〟だろうけれども、愛しげにも聞こえる響きで名を呼ばれ、妬いてくれているという事実に喜びを感じてしまう自分がいる。

せめて灯りを消して欲しかったけれど、抵抗する気持ちになれなかった。

（もう、いいか……）

その夜は初めて、兎神と見つめ合いながら体を繋げた。与えられる快感よりも、幸せそうにほほ笑む兎神の表情が強く奏多の中に残った。

＊

あやかし世界での生活が楽しくて、飛ぶように時間が過ぎていく。あっという間に五日目の午後にさしかかった。

玉兎童子たちを昼寝させてから、のっぺらぼうが声をかけてきた。

「奏多はん、ちょい面倒頼まれておくれやすか？」

「はい？　なんでしょう」

「実は今日、花火大会がおすのや」

忘れていた。

この町では毎年八月二十三日に花火大会が催される。

打ち上げは海の上で行い、観覧場所は海岸か海の見える建物の屋上などがメインだ。奏多もいつだったか海岸に連れていってもらった覚えがある。すごい人出だった。

「小山の大兎神社と下の広場からも見える言うて、人集まるんどすえ。そやさかい屋台もぎょうさん出て」

「そうなんですか」

知らなかった。屋台が出るのは盆踊りのときだけだと思っていた。

「あやかしらぁが、焼きそばやらたこ焼きやら食べもって花火見たいって言うんどす。大山まで持って帰ってきたら冷めてまうし、ボクら小山の方まで移動するさかい、奏多はん食べもの買うて来ておくれやすか」

のっぺらぼうは顔の前で両手を合わせる。

「奏多はんにご面倒おかけするのんはほんま申し訳あらへんのやけど、夜にサングラスも怪しいさかいボクは買いに行きづろおして……」

「そんな、お世話になってるんですからぜんぜん構いませんよ、そのくらい」

「おおきに」

ふと疑問に思った。買い出しに行くくらいはまったく構わないのだが、兎神に頼めばそれくらいパパッと出してくれそうな気がする。

「モフリーノ先生だったら魔法で出してくれそうですけどね」

魔法という言い方が適切かはわからないが。

「せんせを頼りにしてますと、いーひんようになったときに困るさかい」

「え？」

のっぺらぼうは、ないはずの口をぱっと押さえた。

「いなくなったとき困るって言いました？」

「いや……、ほら……、留守にしたときの練習いうのんか……。すんまへん、まだ仕事残ってますさかい、刻限にお迎えに参りますよって」

逃げるように奏多の側を離れていく。

簡単に魔法に頼るのは確かにどうかと思うが、のっぺらぼうの言い方は違う気がした。胸にもやもやとしたものが残ったが、誰に聞くわけにもいかなかった。


薄暗い空にどん、どん、どん、と合図花火が鳴り、花火大会が予定どおり開催されることを告げている。

奏多はあやかしたちとそろって大山から小山へ移動した。

玉兎童子とのっぺらぼう、兎神はもちろん、鬼や大型小型のあやかしまでぞろぞろとついてきて、まるで百鬼夜行である。夜目の利かない奏多のために、火の玉が足もとを飛びながら照らしてくれるおまけつきだ。

まるで自分もあやかしの一員になったようで楽しくなった。

神社が見えるところまで降りると、境内にもそこそこの人が集まっているのが見えた。

「じゃ奏多はん、よろしゅうおたのもうします。ボクら人前に出られる姿のあやかしがおへんさかい、荷物持ちお手伝いできひんで悪おすけど」

「大丈夫です、待っててください」

浴衣姿にのっぺらぼうから借りたリュックを背負い、みんなのリクエストを聞いて階段を降りる。

(持ち切れるかな……)

若干不安になりながら、屋台を回った。

たこ焼きやお好み焼きなどのホットフードは持ち帰り用パックを輪ゴムで押さえ、ビニール袋に入れてリュックに背負う。リンゴ飴《あめ》やベビーカステラは袋に入れてまとめて腕にかけた。チョコバナナを六本も手に持てば、すっかりパシリの様相を呈している。

戻る途中、かき氷を見つけて食べたくなった。

子どもの頃にペンギンデザインの家庭用かき氷機で作って食べたことを思い出し、童子たちに作ってあげたら喜ぶかもしれないと思った。雪女にいえば氷は手に入るし、シロップとかき氷機があればできる。

(のっぺらぼうさんに聞いてみよう)

ふうふう言いながら神社の階段まで戻ると、一番下の段に見覚えのある顔立ちをした浴衣の男性が立っていた。

「あれ……、モフリーノ先生?」

黒髪を一本に結んで人間に擬態しているけれど、間違いなく兎神だった。あまりのかっこよさに、周囲から注目を浴びている。

「どうしたんですか？」

「荷物持ちの手伝いに来た」

「それは助かります」

正直、全部持って階段を上がるのはキツいところだった。

兎神は奏多の荷物を半分受け取り、階段を並んで上がり始める。

「一緒に買いに回ってやれなくて悪かったな。わけあって、俺は神社の敷地と山から出られねえんだ。さっきの位置が行けるぎりぎりだ」

「そうなんですか」

知らなかった。土地神だから、自分の縄張りというか敷地以外に移動できないのだろうか。

あれ、でも……。

「昔、玉兎みたいな毛玉姿で、うちの庭に来てましたよね？」

電飾に絡まっていたのを助けた。

「だから、ワケアリだよ」

わけってなんだろう。

気にはなるが、立ち入ったことは聞けない。

祠へ続く横木の階段は灯りも届かず真っ暗だが、人目がないのでのっぺらぼうが荷物を受け取りに来てくれた。

「おおきに、奏多はん。ようさんおして難儀でしたやろ。みんな喜ぶわ」

めいめいが食べものを受け取り、小山の中に散っていく。ゴミは持ち帰ること、とのっぺらぼうは注意を忘れない。

どおん！　と腹に響く音がして、夜空に丸い火の花が広がった。

「始まった」

一緒に出かけるほど仲のいい友達のいなかった奏多は、花火大会自体家族で行った小学生の頃以来である。

「よく見えるよう、高いところに行くか」

手を引かれ、山の高い方に行くのだろうと思った。

「え？」

兎神はいきなり奏多を抱き上げ、うさぎのように軽々と跳躍する。

気づけば、神社の屋根の上に着地していた。

屋根の鰹木《かつおぎ》に並んで腰かけ、呆然としながら兎神を見上げる。

「いいんですか？　こんなところに乗って」

「特等席だろ？」

そりゃあ誰も来ないし、下から見上げてもこの位置なら誰からも見えないだろうけど。ちょっとばかり罰当たりな気はしたが、神さまと一緒だからいいだろう。

「わ、きれい」

次々に上がる花火をうっとりしながら見上げていると、やさしく肩を抱かれた。

心臓が跳ねて間近にある顔を見れば、愛しさと切なさの混じった瞳と視線が絡んだ。どこかでこんな視線を向けられたことがある気がして、奏多の胸に懐かしさがこみ上げる。

花火が光るたび、兎神の美しい顔を照らした。

どん、どん、と耳を打つ花火の音が、自分の心音と重なっているようだ。

見つめ合う瞳が細まっていくのと比例して、唇同士が近づいていく。花火の光をまぶたを通して感じたとき、そっと唇に熱が触れた。

それだけで離れていった兎神の唇を追って、目を開ける。ほほ笑んだ兎神が、「可愛い」と奏多に頬ずりをした。

肩を抱いていた手が移動し、手を繋がれた。

兎神が花火を見上げ、うっとりと目を細める。

「きれいだな」

奏多も花火を見上げ、空いっぱいの花火を瞳に映す。

「きれいですね」

花火の破裂音の合間に、囁くように兎神が話しかけてきた。

「なあ……」

「はい？」

「このまま、俺たちと暮らさねえか？」

どきりとして兎神を見ると、空を見上げたままの横顔が花火に照らされた。表情は穏やかで、だが繋いだ手にかすかに力がこもる。体温が、少しだけ上がった気がした。

家にも学校にも居場所のない奏多にとって、あやかしたちといるのはとても楽しい。でも、もし奏多がいなくなったら、家族や周囲はどう思う？

あの子は神隠しに遭ったんだよと、昔なら言われたかもしれない。だが現代ではただの行方《ゆくえ》不明者で、家族にもすごく心配をかけてしまう。あやかしと暮らすなんて言ったら、祖母以外には頭がおかしくなったと思われるだろうし、悪くすれば病院に入れられてしまうかもしれない。

兎神ともずっと一緒にいたいけれど、まだたった五日間であやかし世界の楽しいばかりで嫌な面を見ていないのに決めるのは、早急にも思われる。

「………すぐには、決められないです」

奏多の答えに、兎神は
「だよなあ」

と笑った。

「でも、ちょこちょこ遊びに来ていいですか？　冬休みとか、おばあちゃん家《ち》に来ますし」

なにも返事がなくがっかりさせたかと思ったが、兎神の横顔は変わらず、かすかにほほ笑んだまま花火を見上げていた。

そのままなにも言わず、花火が終わるまでずっと手を繋いでいた。

6.

花火大会の翌日は、眠い目をこすりながら童子たちに勉強を教えた。

「ふあ……」

こらえ切れずあくびをした奏多が、慌てて自分の口を押さえる。兎神に笑いながら「寝ててもよかったのに」と言われたが、さすがにそういうわけにはいかない。自分は先生なのだから。

しかも帰ってから解毒のために兎神に抱かれて、眠るのが遅くなったという理由なのだ。

「大丈夫です」

短い期間でも、先生先生と子どもたちに言われて勉強を教えていれば、責任感も出てくるというものである。

玉兎童子や他のあやかしと関わる中で、奏多自身も学ぶことがたくさんあった。玉兎童子たちにプール遊びをさせてあげようとして、

「おみずきらーい!」

と大合唱されてうさぎが濡れるのを嫌うことを知ったり、あやかしにも寿命があることを知ったり。

のっぺらぼうに頼まれて、厨で煮出した麦茶を漉《こ》す手伝いをしているときに聞いて驚いた。

「え、あやかしは寿命が尽きたら消えちゃうんですか？」

「そうどすえ。体は塵《ちり》になって跡形も残りまへん」

「そうなんだ……」

祖父の葬儀を終えたばかりの奏多は、あやかしは肉体を弔うこともできないのかと寂しい気持ちになった。

「ていうか、消滅したあやかしのことは、記憶自体ほとんど残りまへん。見とった夢が起きた途端におつむからどんどん消えてくみたいに、するする記憶から落ちていってまうんどす。そやさかい、忘れたないあやかしのことは、文字にでも残しとかへんかったら覚えてられしまへんのや」

「そんな……」

じゃあ、もしのっぺらぼうが消えてしまうとして、自分は目の前の彼のことをストンと忘れてしまうのか。

とても胸が苦しくなって、作務衣の襟をぎゅっと握る。

「そやけど奏多はんは、あやかしの見えへん体になりたいんでっしゃろ？　こっちの世界にもう来られませんえ。明日には願いが叶うんやさかい、覚えとく必要もあらへんですやろ」

どん！　と体を突き放された気がした。

「え……、来られなくなるんですか……？」

「そらそうどすえ。見えへんくなるいうことは、こっちの世界に来る力ものうなるいうこっちゃさかい」

昨夜、奏多がまた遊びに来ていいかと聞いたら、兎神はなにも答えなかった。奏多がもう来られないとわかっていたから……。

奏多の反応を見て、のっぺらぼうはわざと明るい声で励ました。

「そないな顔しいひんでおくれやす。それが普通の人間なんやさかい、奏多はんは悪あしまへんえ」

悪くないと言われても、彼らのことをきれいに忘れてしまうかもしれない自分に、深い穴に落ちるほどの罪悪感を持つ。なにより、もう会えなくなるということに激しい喪失感を覚えた。

のっぺらぼうは取り繕うように奏多の肩に手を置いた。

「ああ、そういうたらさいぜんモフリーノせんせが、こっちの手伝いしもたら来てくれいうて奏多はん呼んではりましたえ。行っとぉくれやす」

「…………はい」

急に足が重くなったようで、引きずるように廊下を歩いていく。

「先生とも……」

もう会えなくなる？

なんとなく、普段の生活では見えなくなっても、ここに来ればまた彼らに会える気がしていた。変わった夏休みに浮かれているような気持ちで。

でも、もとの体に戻ったらもうあやかし世界に来ることはできないのだ。そもそも見えなくなってしまうのだから。

自分は本当にそれを望んでいるのか？　あやかしたちと打ち解けて、怖い存在ではないと知って。

いや、この空間以外にいるあやかしには危険なものもいるだろう。善良なあやかしばかりではない。奏多がここで暮らすわけではない以上、見えなくなる方がいいはずだ。でも彼らに二度と会えないと思うと、それは嫌だと心が叫ぶ。

「わかんないよ……」

どうすればいいのかわからない。ぐしゃっと前髪を握って顔を歪めた。

とにかく兎神に会いたかった。

広間を覗くと、玉兎童子に洋服の着方を教えている兎神がいた。兎神を見ると、胸の奥がきゅんと鳴る。

「あ……」

好きだ。

突然、穴に落ちるように気づいてしまった。

奏多に気づいた兎神が、こちらを向いて手を挙げた。

「おう、奏多。ちょっと手伝ってくれ」

視線が合うと甘いものがこみ上げる。毎夜奏多を抱く腕の熱さと甘い囁きがよみがえって、下腹が熱くなる。

体が疼くのは、神酒の効果が残っているせいだ。だって形だけの夫婦で、夜の営みも解毒のためで。

そう思っていたのに。

気づけばいつも兎神の姿を目で探していた。笑ってくれたら嬉しくて、触れると安心する。

その兎神に、会えなくなる？

――嫌だ、離れたくない。

「奏多？　どうした、具合でも悪いのか」

動けずにいる奏多に近づいた兎神が、心配げに頬を撫でる。手のひらの温かさに、泣きたくなった。

兎神はちらりと玉兎たちを見て、「ちょっと自分たちで練習してろ」と言い置くと、奏多の手を引いて裏庭に連れていった。

腕とふわふわの耳で奏多を包んで胸に抱き寄せ、泣く子をあやすように体を揺らした。

「かーなた？　なんだ、夏休みが終わるのが寂しくなっちまったか？」

寂しい……。

その言葉には、素直にこくりとうなずいた。兎神は奏多の頬を両手で包み、顔を上げさせた。赤い瞳が、なにか懇願するように奏多を見つめている。

「なあ……、解毒のためじゃなく抱きたいって言ったら嫌か？」

奏多の目が見開かれた。

解毒のためではないということは、他にどんな意味で？　想像できる言葉はあるけれど、まさかという思いが強くて。

「それは……、どういう……？」

もしかして、兎神も自分を？

すぐには先のことを考えられないけれど、はっきりした言葉を聞きたい。

期待と緊張で、痛いほど胸が高鳴っている。

「だから……」

兎神が言いかけたとき、鈴が転がるような女性の声が割り込んだ。

「もう人間を口説いてらっしゃるの?」

二人で同時に声のした方を振り向くと、建物の陰から美しい女が姿を現した。地面につきそうなほど長い黒髪を持つ、妖艶な美女だ。草を編んだような、体の線を際立たせる薄い服を身につけている。

「山姫《やまひめ》……」

兎神が苦々しげに呟き、女性の視線から奏多を隠すように背に守る。

山姫と呼ばれたあやかしは、色香を振りまきながら兎神と奏多の方に向かって歩いてきた。山姫は兎神の前で足を止める。

「相変わらずお好きですこと。あなたさまの禁が解けたとお聞きしたから、わざわざ遠いところからやってきたのに」

耳奥を撫でられるような、甘ったるい話し方だ。

「禁って……?」

奏多が尋ねると、兎神は小さく舌打ちした。

「なんでもない」

「あら、でも、その子なんでしょう?」

おそらく自分のことを意味ありげに言われ、不安になった。

「先生、その子ってどういう意味……?」

「この女の言うことは聞くな。行くぞ奏多」

奪うように奏多の肩を抱き、山姫に背を向けて歩き出そうとする。山姫は赤い唇の両端をつり上げた。

「つれないですわね。ツキ……」

ぎらっと目を光らせた兎神は、言い終わる前に山姫の口を大きな手で塞いだ。恐ろしい形相で山姫を睨みつける。

「その名は捨てた。二度と口にするな」

どくり、と奏多の心臓が鳴る。

兎神のこんな表情も初めてだが、山姫が言いかけたのが兎神の本当の名前らしいということに、頭の中に汗をかくような焦燥が生まれた。

なんで？　なにかを思い出しかけている。

でもなにかわからない。水面に映った月が小石を投げられて光の欠片になっているように、頭の中にばらばらのなにかが散っている。

奏多が両手で頭を抱えたとき、のっぺらぼうが駆けつけてきた。

「山姫はん……！　なにしてはるんどすか！」

山姫は色気のある動きで兎神の手を外し、のっぺらぼうに笑いかける。

「のっぺらぼうちゃんも、お久しぶり」

「挨拶はよろしおすさかい、せんせと奏多はんの邪魔しんといておくれやす！」

のっぺらぼうに腕をつかまれ、引きずっていかれそうになりながら、山姫が奏多の左手の指輪に目を留める。

「ふふ、それ、結婚指輪でしょう。兎神さまと結婚したの？」

「あ……」

山姫の瞳が爛《らん》と輝き、意識が吸い込まれた気がした。

奏多の唇が勝手に動く。

「結婚、した……。お神酒を飲んで……、解毒に、七夜、精を受けないといけないっていうから……、一週間だけ……」

兎神の手が奏多の目を覆い、はっと口を閉じた。

なんだ今のは？　山姫の目を見たら、勝手に告白してしまった。妖力なのかと背筋がぞっとしたとき。

あはははは、と山姫が高い声で笑った。

「それで抱かれてたっていうの！　一週間だけ結婚して？　おっかしい！」

結婚していない人とは関係を持ちたくないという、自分の倫理観を笑われたのかと思った次の瞬間、信じられない言葉が耳に飛び込んできた。

「お神酒の解毒はね、一度でいいのよ。騙《だま》されて何回もてあそばれちゃったのねえ、可哀想に」

「え……⁉」

愕然《がくぜん》として兎神を見上げる。

兎神は奥歯を嚙みしめるような顔で、山姫を睨みつけていた。

「うそ……、でしょう……？」

神酒を飲んだ直後は、本当に苦しかった。またあの苦しみが襲ってくると聞かされれば、兎神の提案を受け入れるしかないと思った。

次の日からは確かに苦しくなかったけれど、解毒が効いているのだと思っていて……。

「嘘でしょ、先生？　のっぺらぼうさん……？」

二人とも、否定の言葉を発さない。

山姫の言うことが真実なのだと理解したとき、奏多の中でなにかが崩れ落ちた。

「ぼくを……、騙してたんですね……」

奏多の気持ちを尊重して結婚という形を取ってくれているのだと思っていた。毎晩甘やかされ、溺れるほどの快楽を与えられて大事にされているのだと思わされていた。それが全部嘘だった。

身の底から怒りがこみ上げ、体が震える。

「か、奏多はん……、お願いやさかい、せんせのこと悪ぅ考えんといておくれやす」

「のっぺらぼうさんも知ってたんでしょう⁉　知っててグルになってぼくを騙してたんでしょう……っ⁉」

なにも信じられない。やっぱり彼らは人間を食いものにするあやかしだったのだ！

結婚指輪をむしり取り、地面に叩きつける。落ちたものは、指輪ではなく萎《しお》れた花に戻っていた。

もてあそばれた自分の姿のようで、見ていられずに顔を背けた。

「あなたたちの顔なんて、もう見たくない！」

走り出す奏多の背を、山姫の高笑いだけが追ってきた。悔しくて悲しくて、涙がこみ上げる。

靴も脱がないまま広間を駆けて横切った奏多に、玉兎童子たちが目を丸くした。

「かなたせんせー？」

子どもたちにだけは途中で放り出して申し訳ない気持ちがちらりと頭をかすめたが、声をかけられる余裕はなかった。階段を駆け上り、人間界の祠に続く扉を開ける。

勢いよく飛び出すと、鼓膜を震わせるような蟬の声に包まれた。

「は……」

夏の喧噪《けんそう》とムッとする湿気に、一気に汗が噴き出す。

振り向くと、祠の扉の向こうには狭く暗い空間があるだけだ。もう一度くぐればあちらに行けるのだろうが、もう祠を見るのも嫌だった。

胸に大きな穴が開いたようで、ぼろぼろと涙を零した。

「せんせい……」

遊ばれていたのだと知って、体が引き裂かれるような恋しさを覚える。好きだなんて、気づきたくなかった。

最初からもてあそぶだけのつもりなら、あんなふうにやさしくしないで欲しかった。それとも奏多が浮かれているのを見るのが楽しかったのだろうか。

あの笑顔も、やさしい言葉も、情熱的な愛撫も、全部嘘だったと思うと胸が壊れそうに痛い。

一抹の期待を持ちながら、追いかけても来ないことが答えなのだと、涙が出なくなるまで泣いた。


「奏多。そうめん茹《ゆ》でたから食べられそうなら……」

奏多の部屋を覗き込んだ祖母が、控えめに声をかける。漆《うるし》塗りの盆の上に、水を張った涼しげなガラスのボウルにそうめん、陶器の碗《わん》につゆ、そして薬味が添えられていた。

夕食にしては質素だが、朝も昼も食事を取らなかった奏多に、のどごしのいいものを配慮してくれたのだろう。

ベッドに寝転んでぼんやりしていた奏多は、かろうじて笑顔を向けた。

「うん、ありがとう、おばあちゃん」

盆を受け取り、勉強机の上に置く。

子どもの頃使っていた部屋は、長い休みに遊びに来る奏多のため、ベッドを大人用に入れ替えてそのまま残してくれていた。祖父母の家に滞在するときは、奏多はこの部屋を使わせてもらっている。

祖母は心配そうな顔をしながら部屋を出ていった。まだ祖父を亡くして十日しか経っていない祖母に、さらに負担をかけて心苦しい。

一人になると、奏多は笑顔を消してまたベッドに横になった。

「はあ……」

昨日は泣き腫《は》らした顔で家に帰るのが憚《はばか》られ、暗くなるまで顔を冷やしたりして時間をつぶしてから戻った。

予定より一日早かったので祖母は驚いていたが、奏多が無事に帰ってとても安堵していた。

「それで、兎神さまはあんたの願いを叶えてくれたのかい」

兎神の名を聞くと胸が痛い。

あやかしが見える力を消してもらえたわけではないけれど、もうあやかしのことは口にしないと決めた。以前のようにただただ恐ろしいわけではないし、そこにいても見ないふりがきっとできる。

「叶えてもらえたよ」

顔だけは笑ったつもりだったが、奏多が嬉しそうには見えなかったのだろう。祖母は心配したが、奏多が話したくない雰囲気を悟ってなにも聞かずにいてくれた。昔から、祖母は奏多のことをよくわかってくれる。とてもありがたい。

兎神のことを口にしても泣かないで済むくらい落ち着いて話せるようになったら、神酒のことだけ伏せて祖母には全部話そうと思った。

夕食は済ませてきたと嘘をつき、風呂に入って横になっても、昨夜は一睡もできなかった。神酒であれだけ苦しんだのに、またあの苦しみが来ればいいと思ってしまった。そうしたら、兎神が嘘をついていなかった証拠になる。

——けれど、体はなんともなかった。

「……やっぱり嘘だったんだ」

そんなことに一縷《いちる》の望みをかけてしまう自分はばかげている。遊ばれていただけだったのに。

思い出すとまた泣きそうになって、慌てて目をこすって起き上がった。

気を紛らわすため、食欲はないけれどそうめんを半分だけ食べた。胸にわだかまる苦いものを、つるりとしたそうめんと一緒に飲み下す。

少しでも食べものが腹に入ると、眠気が訪れた。時計を見ると、十八時すぎ。窓の外はまだ明るい。

本当なら今日まであやかしの世界にいて、もとの体を手に入れて明日の誕生日を祝うはずだった。

昨晩眠っていなかったせいで、だんだんまぶたが重くなってきた。やっと眠れそうだ。

ベッドに横になり、目を閉じる。

頭の中をぐるぐるするあやかしたちの姿を振り切って、眠りに没頭するよう努力した。

その名を呼んだとき、やさしく手を握られ、愛しい声が聞こえた。

――……姫。生まれ変わったら、俺と夫婦《めおと》になろう。

幻聴ではないかと思い、力の入らない声で尋ねた。

――……めおと？

目の前の真っ白な人は、握ったぼくの手を自分の頰に当て、何度もうなずいた。もう目がかすんで、その人の顔もわからないけれど。

――ああ、夫婦になろうな。約束だ。

嬉しい。

――……わたしでいいの？

ひどいことをしたのに。

――おまえがいいよ。なんのしがらみもない世に生まれ変わって、夫婦になろう。

おまえがいい、という言葉に安心して、ぼくは目を閉じる。左手の薬指に、温かくやわらかいものが触れた。

ぽう、と胸の中にやさしい光が満ちる。苦しさが消え、体がふわりと軽くなった。光を纏った精気がぼくの中に満ち溢れる。

――これは約束の証だ。俺の魂の半分を分けた。おまえは魂の伴侶だ。これでおまえは俺の近くに生まれ変わる。必ず来世のおまえを見つけて愛し合う。それができねば、俺の命も露と消える。刻限は……。

その人の言葉を聞いた直後に意識は闇に沈み、生まれてから今までのことが鮮やかに脳裏を駆け巡った。

男児として生まれながら、ずっと姫として扱われ、女性ものの着物を着せられていた自分。その美貌から父に側室にと望まれた母に、ぼくは生き写しだった。

「これなら殿にもご満足いただける」

父はきらびやかな着物を着たぼくを抱き寄せ、満足げに笑う。

殿のご趣味のお相手となることを生まれながらに決められて、「おまえは殿に献上されるのだ」と言われて育った。でも父の領地を守るため、それは自分の運命だと受け入れていた。

十五になったら献上される。その頃には、あそこの姫は大層美しいと近隣で噂《うわさ》になっていた。誰も自分を少年と疑う者はいない。数人の身の回りの世話係を除き、臣下にも領民にも、姫と偽っていたから。

ところがまさに献上されようという直前に殿が病気で伏せり、遅れることになった。

一年経ち、二年経ち……、せっかく殿の好みに育て上げたのに、このままでは美しい盛りの時期を逃してしまう。父の焦りは深まる。

自分自身も、日ごとに男性らしい体の線に変わっていく自分に焦りを感じていた。お役目が果たせなかったら、領地は、父は、民はどうなる……？　そんなときに出会ったのが、土地神である兎神だった。

美貌の姫という評判を聞きつけ、色ごとの好きな兎の神が興味を持ってぼくを見に来たのだ。すぐに性別を偽っていると見抜いても、兎神の表情は変わらなかった。

「噂どおりの美貌だな」

初めて見る、父と家臣以外の男性。月の光の中に、真っ白な髪と耳を長く垂らして笑みを浮かべていた。

ひと目で心を奪われた。ほとんど屋敷から出たことのないぼくを、お付きの者たちを術で眠らせてたびたび夜中に連れ出してくれた。

野原で駆け回ったこともない、俗世間と隔離されていた自分。ただ木に寄りかかって月を見上げるのも、熟れた木の実を直接枝からもいで食べるのも新鮮で、なにをしても楽しかった。

家からそうそう長い時間は離れられないから、ほんの一、二刻だけれど。

誘惑しに来たとはいえ、決して強引に奪おうとはせず、いつもやさしく笑いかけてくれる兎神。兎神が教えることひとつひとつに感動し、素直な喜びと感謝を表す純粋な少年。

二人が惹《ひ》かれ合うのにさしたる時間はかからなかった。

けれど、自分の立場を理解していたぼくは、この恋は絶対に実らないとわかっていた。

日ごと夜ごと慕る互いの想いは、瞳を通して知れる。だがとうとう殿が亡くなり、以前からぼくを熱望していた殿の息子に献上されることに決まった夜。

「おまえを攫《さら》って逃げる。俺と行こう」

兎神は赤い瞳に熱を宿し、力強くぼくの手を握った。

「……できません」

「なぜだ！　おまえをむざむざ玩具になどさせない！」

自分だけなら、すぐにも兎神の手を取って逃げたろう。でも自分の肩には、家や領地の存亡がかかっている。

一緒に逃げようという言葉だけで嬉しかった。だからもう手を離して。あなたにすがってしまう前に。たった一度の口づけでも欲しがってしまう前に。

心がちぎれそうになりながら、兎神の手を突き放した。二度と会いたくない、もう一度顔を見せたら舌を嚙むと脅し、彼を遠ざけた。

これでいいのだと独り屋敷の奥で泣き濡れ、迎えまでの日々を過ごし――もう離れられなかったのだと気づいたのは、悲しみのあまり心の臓が動きを止める寸前だった。

食事ものどを通らず痩《や》せ細り、伏した床で想うのは兎神のことばかり。でも自分が逃げれば家が咎《とが》を負う、病死なら新しい殿も納得する。だからこれでよかったのだ。

父も諦め、最期はほとんど捨て置かれるような状態で、兎神との楽しかった時間だけを頭の中で反芻するのは幸せだった。恋を知れただけで、自分の生には意味があったのだと信じられる。

目はかすみ、まぶたの裏には兎神のほほ笑みだけが浮かぶ。死の影が全身を包んでも怖くない。あなたの顔を見ながら逝けるから。

幻に向かって、この世でいちばん愛しい名を呼んだ。

「ツキヨミ……」


ベッドに寝転んだまま目を開くと、窓の外に浮かぶ満月が目に飛び込んできた。

「あ……」

月光が、奏多の記憶の奥底を照らし出す。

真っ白な人がほほ笑んだ。

その顔は。

「……先生？」

途端、思い出しそうで思い出せなかったものが、鮮やかに目の前に浮かび上がった。

真っ白な髪と長く垂れた耳を持つ、美麗な兎の神。

奔流のように、奏多の中に記憶がよみがえってくる。はるか昔――いや、自分が生まれる前、別の人間を生きていたときの記憶。

愛し合って、生まれ変わったら夫婦になろうと約束した。

「ツキヨミ……」

兎神の名を思い出した。そうだ、彼はツキヨミ。

好き合っていたのに結ばれなかった。自分は死の間際、ツキヨミと約束したのだ。生まれ変わったら夫婦になろうと。

ツキヨミは自分の魂の半分を割って奏多に分け与えた。必ずツキヨミの側に生まれ変わってくるように。生まれ変わった奏多のことがすぐにわかるように、魂の伴侶として。

でも奏多が記憶を取り戻して想い合わねば、ツキヨミは消滅してしまう。それだけの危険を承知で、ツキヨミは奏多に魂を分け与えたのだ。

あのときも空に満月がかかっていた。いつまでと言っていた？　いつまでに愛し合わないとツキヨミは……。

最後に聞いたツキヨミの言葉が耳の奥に響く。

――……刻限は、生まれ変わったおまえが十八になる日まで。それまでに必ずおまえを見つけ出して愛し合うから……。

ハッとして時計を見ると、もう二十三時を過ぎていた。あやかし世界への扉のある大兎神社の大山分祀まで、真っ暗な山道を行くなら急いでも二時間近くかかる。日付が変わるまでに間に合わない！

「どうして……」

言ってくれればよかったのに！

言われて信じられたか、思い出せたかわからない。もしかしたら、おかしなことを言われたと怖くなって逃げ出していたかもしれない。でも……。

「先生！」

慌てて部屋に常備してある防災用品の中から懐中電灯を取り出す。

間に合うはずがない。でも行くしかない。

焦燥に駆られ、泣きたくなった。心臓がばくばくと脈打っている。時計代わりの携帯と懐中電灯だけを持って、急いで部屋を出ようとしたとき。

「奏多はん！」

ベランダから、のっぺらぼうの声が聞こえた。

振り向くと、窓の向こうにのっぺらぼうが立っている。

「のっぺらぼうさん！」

のっぺらぼうの周囲に、あやかし姿の玉兎たちがぴょんぴょん跳ねている。網戸を開けると、奏多の部屋に全員でなだれ込んできた。

「すんまへん！　奏多はん家がわからへんよって、みんなで手分けして探しとったら遅なってしもた！」

「なんで……」

玉兎たちが童子の姿になり、泣きながら奏多の服を引っ張った。

「かなたせんせー、もどってきて！」

「モフリーノせんせーがしんじゃう！」

「あたしたちが、つれてくから！」

のっぺらぼうは息を切らし、奏多の手を引いた。

「時間があらしまへん。道すがら話させとぉくれやす」

童子たちが玉兎に変わり、一カ所に集まったかと思うと、巨大な一匹の玉兎に変化した。

「乗っとぉくれやす！」

玉兎の背に並んで跨がり、振り落とされないよう耳をつかむ。

「うわっ！」

ぴょーん！　と奏多とのっぺらぼうを乗せた玉兎が、ベランダから外に向かって高く跳ねた。

玉兎は真夜中の住宅地を、屋根から屋根を伝ってひと飛びで何十メートルも進んでいく。

「こ、これ、他の人間から見えてないんですかっ⁉」

「奏多はんの姿は見えるかもしれへんけど、下から見たら一瞬どっしゃろ。えろう大きい鳥やら、目の錯覚や思いますやろ。じき住宅地も抜けるよって」

幸いなことに、祖父母の家からは海が近く、海沿いの辺鄙《へんぴ》な道路には街灯が少ない。大兎神社へも田舎道なので、真夜中には人通りはほとんどなかった。奏多の服が暗色で目立たないのもありがたい。

最初は跳躍に驚いたが、すぐに慣れるとバランスが取れるようになった。耳をしっかり握っていれば落ちそうにないのも心強い。

「奏多はん……、あのな、モフリーノせんせのしたこと、怒ってはる思うけど……。あ、ボクのことも……」

「怒ってます」

きっぱりと言い切る奏多に、のっぺらぼうは顔を伏せた。

「ほんまに悪おしたと思てますのや。そやけど……」

「どうして言ってくれなかったんですか、生まれ変わりのこと」

「奏多はん……！」

のっぺらぼうの声が、喜色に輝く。

「思い出したんです、前世のこと。約束したのに、迎えに来てくれなかったこと怒ってます」

だから、文句を言うのだ。

生まれ変わった奏多にもっと早く会いに来て、こんなぎりぎりじゃなくきちんと思い出してから体を繋げたかった。

のっぺらぼうは言いづらそうに、うつむいたまま言った。

「せんせな、子どもやった奏多はんの命助けて、十年の禁固刑喰《く》ろうとったんどす」

「え」

木から落ちて、兎神に助けられたことを思い出す。

のっぺらぼうは堰《せき》を切ったようにしゃべり出した。

「人間の命を、自然に逆ろうて救うのんは神の世界でも禁忌どす。せんせは奏多はんをよう死なせへんで、禁を破らはって命を助けたんえ。そやさかい、禁解けて自由に動けるようにならはったんも、ほんの十日前なんどす。それまでは牢《ろう》に閉じ込められたはったんどす」

「牢……？」

「神さまの世界の牢屋どす」

ぞくりとした。

奏多の命を助けた咎で、兎神は十年も閉じ込められていた。

胸の奥が熱くなった。自分は知らずに、兎神に罪を負わせていたのだ。

「責めてるやあらしまへん。せんせが自分で決めはって、自分でしはったことどす」

だとしても、自分が木から落ちたりしなければ、そんなことにはならなかった。

玉兎はもう神社にたどり着き、階段を跳ねながら上る。

「そやけどなぁ、人間でいうたら、仮釈放みたいなもんどす。禁解けても罰としてまだ神社の敷地から出ることはできしまへん。ほんまはせんせも奏多はんと時間をかけて愛し合うてから記憶を取り戻してもらいたい思てはったんどす。そやけど十日間しかのうて、奏多はんは遠い町に引っ越してはって、もう会えるはずはあらしまへん。せんせは奏多はんが助かったんやさかい、自分は消えてもええと、笑うて言うてはったんえ」

胸の奥が痛くて熱くて、ずきずきする。

「それでぼくは、なんにも思い出さずにいつか他の人を好きになったりするんですか……」

そんなの悲しい。

前世の奏多と来世で出会うために命を半分分け与えて、現世の奏多の命を救ったせいで、自分は思い出されもせずに消えていくなんて。

「許せない」

涙が滲んだ。

そんな悲しい決意をさせていた自分を許せない。

「そやけど奏多はんはせんせの前に現れはった。ボクは運命や思たんえ」

運命なら、間に合って欲しい。あと九分しかない。

ポケットに入れてあった携帯を取り出し、時間を見て、どこにいるかわからない運命の神に願った。

「最後の一週間だけでも奏多はんと過ごしたかったせんせの気持ち、汲《く》んだっておくれやす。奏多はんにあやかしが見えるようになったんは、せんせの力で命を補うて妖力を手に入れたせいどす。どっちにしろせんせが消えたら、奏多はんのあやかしを見る能力も消えるんどす。奏多はんはせんせのことも忘れるんえ。せんせのたったいっぺんのわがままやったんどす」

あやかしが消滅したら、そのあやかしのことは記憶に残らない。神も同じなのか。

「嫌です、忘れたくありません！」

前世の約束だとか、それだけに縛られているわけではない。今、好きになってしまったから。

傷つけられて逃げ出してきても、心のどこかで、力が消えなければいつかまた兎神に会うことがあるかもしれないと思っていた。力が残っているということは、まだ絆《きずな》が残っているということだから。

でも今日を逃せば、もう会えなくなる。記憶にも残らない。そんなの嫌だ。

長い間奏多を想っていてくれた気持ちに応《こた》えたい。手放してはいけないと、強く思う。だから。

「間に合って！」

玉兎が、大山分祀の前に降り立つ。

転がるように飛び降り、祠の扉をくぐった。あと五分！

「先生！」

見回しても兎神はいない。どこに行った？　まさか、もう消滅して……。

心臓が早く打ちすぎて痛い。

「奏多ぁ！　こっちだ！」

どら声が聞こえて振り向くと、ひとつ目の鬼が手を振っていた。

「金熊さん！」

「神社の屋根だ！　連れてくぞ！」

走り寄ると、いきなり肩に担ぎ上げられた。金熊はそのますごい勢いで飛び出したと
「え……、わわっ！」

思うと、ぐるりと建物を回る。

兎神は、人間世界で奏多と花火を見たのと同じ場所に、狩衣姿で月を見上げて座っていた。

金熊が大声で怒鳴った。

「先生ェ、嫁っこちゃん投げるぞぉ！　受け取れ！」

振り向いた兎神が目を丸くする。

奏多の視界がぐるっと反転し、体が宙に浮いた。満月が目に飛び込む。

「ばかっ……！」

兎神が飛び出し、屋根の上まで放り投げられた奏多を抱き止める。ふわりと屋根に着地して、奏多を抱いたまま金熊を怒鳴りつけた。

「金熊ぁ！　てめえ、奏多に怪我でもさせたらぶっ殺すぞ！」

粗野なもの言いが嬉しい。奏多を抱く腕の温かさに安心する。

焦りと安堵がないまぜになって、兎神のやわらかく大きな耳がぴくぴくと動いているのが愛おしい。

両手で兎神の頰を包み、自分の方を向かせた。

「好きです、先生」

そして、そっと唇を合わせた。

「ツキヨミ……」

兎神の目が見開かれる。

「奏多……」

呆然と、兎神が奏多の名を呼ぶ。

端整な顔をくしゃりと顔を歪め、奏多をきつく抱きしめた。

「ばかやろう、おとなしく消えてやろうと思ったのに……」

「なんでですか。そんなの許しません」

嘘をついてまで奏多を抱くほど好きだったくせに、自分の命と引き換えるほど大事にしてくれたくせに、そんな勝手は許せない。

「だって傷つけただろう、おまえのことを。……神酒のことは予想外だったが、一度抱いたら欲が出ちまった。おまえが結婚する人とじゃなきゃしたくないって言ったとき、すげえ嬉しかったんだぜ。記憶はなくても、覚えててくれてるんだってな。どうせ俺が消えたら奏多ん中からも消えちまうんだって思ったら、どうしてもそれまで夫婦でいたかった」

忘れられてもいいから、一緒にいたい。

そんないじらしい想いを聞かされたら、愛しく思わずにいられない。

「そうです、傷つきました。だから、責任を取ってください」

「どうすりゃいい？」

そんなの決まってる。

「夏休みが終わっても、ずっと夫婦でいてください」

兎神は泣きそうな顔で笑った。

「いいのか？　俺が死ぬまであやかしの見えない体に戻れないんだぞ」

「のっぺらぼうさんも童子たちも、金熊さんも大好きですから」

「俺、当分神社の敷地から出られねえぞ」

ひとつひとつ理由をつぶしていこうとする言葉が、奏多にすがっているように思えて愛しさが増していく。

安心させてあげたい。ずっと奏多を待っていてくれた愛しい神を。

「ぼくが神社に通います」

「……今、運命的な恋に酔ってるだけかもしれねえぞ?」

一緒に過ごしてからたった一週間だ。奏多が兎神を好きだと気づいたのも昨日。

「それを言うなら、先生だって生まれ変わりってだけでぼくのこと好きな気がしてるだけじゃないんですか?」

「ばか言え。俺はずっとおまえを見てきたんだ。おまえがガキの頃は家に通って、牢に閉じ込められてからは思念だけ飛ばして、いつでも見てた。おまえがあやかしに怯えて泣いてりゃ慰めてやりたくて、家族の中で居場所がないのに妹可愛がってんの見りゃやさしいなって嬉しくなって。ま、でも、見てるだけでなんにもしてやれなくてごめんな」

ぽ、と心が温かくなった。ではあの電飾に絡まっていたときも、奏多の姿を見に来ていたのだ。

ずっと愛されていたと思うと、幸せに包まれた。

「先生ばっかりぼくのこと見てたなんてずるい。ぼくももっと先生のこと見ていたいです。時間をかけて知り合えなかったなら、これから時間をかけて先生のこと教えてください」

兎神は観念したように目を閉じた。

「じゃあもう聞かねえ。……愛してる、奏多」

言葉とともに月の光が二人を包み込み、なにかが重なった。

自分の中にあるなにかと、兎神の中にあるなにか。重なって、真円になって、満月のように光り輝く。

魂だ、と直感した。

半分に分かれていた魂が、重なり合ってひとつになる。今、足りなかったものを手に入れて、完全な自分になった気がした。

「ツキヨミ……」

唇を触れ合わせると、前世からの愛しさが胸の中で膨れ上がった。かつての自分と奏多自身の気持ちと絡み合って、喜びではち切れそうになった。

「どうしよう……。あなたが好きで、胸が苦しいです……」

「俺もだ」

互いを欲しているのがわかり、腕に抱かれたまま屋根から飛び降りた。

そのまま寝室に連れられ、布団の上にやさしく下ろされる。

「誕生日プレゼント、なにがいいか聞いてくれましたよね」

「ああ。といっても、力もかなり制限されてるから、大したことはできねえが」

「先生が欲しい」

上から奏多の顔の横に手をついて覗き込んできた兎神が、心から愛おしげに頰を撫でた。

「誕生日おめでとう、奏多」

あらためて、間に合ったのだと思うと泣きたいほど嬉しかった。

「ありがとうございます」

服の上から体の線を確かめるように撫でられて、期待に下肢が反応し始めた。

「先生……、あ……、ツキヨミ……？　どっちで呼べばいい？」

やわらかな耳を引き寄せながら尋ねる。

兎神は目を細め、奏多の唇をぺろりと舐めた。

「どっちでもおまえの好きな方でいい」

「でも……、前の名前はダメって言ってませんでした？」

最初に前の名は使えなくなったから、童子たちがモフリーノとつけたと言っていた。山姫が呼ぼうとしたときも、その名は捨てたと怖い顔で怒った。

「そりゃ、俺の名はおまえの前世の記憶を呼び覚ますキーワードだからな」

「え……、だったら、早く言ってくれたらよかったんじゃ……」

目を見開いた奏多に、兎神は困ったように眉をひそめた。

「魂ってのは、無理に開けると傷ついたり壊れたりする恐れがある。卵を金槌《かなづち》で叩くようなもんだ。中から雛《ひな》が孵《かえ》るのを待つしかねえんだよ。だから禁が解けたとき、たった十日しかなくても万一おまえに会えたときに危なくないよう、別の名をつけた」

会えない可能性の方がはるかに高かったのに、それでも奏多のために。

そんな兎神が愛しくて愛しくて、耳を引いて自分に抱き寄せてキスをした。

「そっか……。先生大好き、ありがとう」

「やっぱ先生呼びの方が燃えるか」

「ばか」

笑いながら唇を軽く合わせると、すぐに情熱的なキスに変化していった。互いを求めて絡ませ合う舌が、閨に淫靡な水音を響かせる。

「すき……」

「愛してる……、奏多……」

早く肌に触れたくて、視線で懇願した。

兎神の手にかかれば、なんの抵抗もなく服を脱がされてしまう。兎神自身も、焦らすことなくすべて脱ぎ捨てて奏多と抱き合った。

「あったかい……」

「ああ、あったけえな」

兎神が奏多に頰ずりするのが、可愛がられているのがわかってすごく嬉しい。肌の温度は興奮で上がっているのに、そうされるとリラックスして体の力が抜ける。

兎神は奏多の扱い方を心得ている。任せておけば天にも昇る心地にしてくれるという期待で、胸が膨らんだ。

兎神が奏多の体の線をなぞりながら、唇を下へ這わせていく。

「ん……」

頰から首筋、胸まで来たとき、唇がいたずらするように奏多の胸芽をちょんと咥えた。

「あ……っ」

そのまま舌先でちろちろと先端だけを舐められ、ささやかな快感にふるりと体を震わせた。

兎神はいつも、強すぎない刺激で高めてくれる。

でも今日は、早く繋がりたい欲求が先走った。想い合った男《ひと》の熱を、身の内に受け止めたい。

「ね……、ね、先生……、今日、早く、して欲しい……」

兎神の赤い瞳が、同意するように細められた。

「ほんと言うと、俺もすげえ欲しいと思ってた」

すでに熱く滾《たぎ》った男根を、奏多の脚にすりつけてくる。その硬さと熱さに、一気に頭の中まで欲情にけぶった。

兎神は長く厚い舌で奏多の乳首をねろりと舐めると、いやらしい動きで臍まで舐め下ろしていった。

「ん、あ……、あ……」

舌が通ったところが、濡れて冷たいはずなのに熱い。

反り返った若い茎に口づけられたとき、びくっと体を揺らした。

「待って……、そこは、は、恥ずかしい……」

口淫はまだ慣れない。気が遠くなるほど気持ちいいから、溺れてしまいそうで。

「なんで恥ずかしいんだよ」

「だって、き、気持ちよすぎて、自分が好き者みたいで……」

好き者という言葉がおかしかったのか、兎神はぷっと笑った。

「気持ちよかったら、好きで当たり前じゃねえ？　奏多はふかふかのあったかいお布団好きだろ？」

「え、はい……」

「運動して汗かいたあと、風呂でさっぱりすんのは？」

「好き……」

気持ちがいいから。

「じゃ、気持ちいいこと好きでおかしくねえだろ。おまえが悦べば俺も気持ちいいし嬉しい。どっちも気持ちいいのに、なんか問題あるか」

ない……、気がする。

「気持ち悪いから嫌だって言うならしないけど、恥ずかしいだけなら我慢してくれ。おまえが気持ちいいって思うことといっぱいしてやりたいから」

な？　と甘えるような視線で言われたら、もう逃げられない。こうやって慣れさせられてしまうのだ。

自分の雄に絡む舌を、頭の中まで真っ赤に染まるような気分になりながら見つめた。

「あ……、あ、ゆっくり、して……、ん、あ……」

奏多のを舐めてくれている。兎神が。大好きな人が。

兎神が奉仕している姿を見ていたら、じわじわと自分も悦んでもらいたい気持ちが滲み出てきた。これまで受け身一方だったけれど、自分も彼を気持ちよくしたい。

「せ、せんせい……、ぼく、も、する……」

兎神はかすかに目を瞠《みは》ると、「無理すんな」と苦笑した。

「してみたい……。だめ？」

「ダメなはずあるかよ」

隆々と天を衝く男根に、興奮の度合いが見て取れる。布団に両膝をついて体を起こした兎神の前に、両手両脚をついて顔を寄せた。

あらためて鼻先で見ると、驚くような大きさだ。こくりと唾を呑む。

今まで恥ずかしくて耳以外に触れたことはなかったけれど、男根にそっと手を伸ばした。

手で扱こうとしたが、自分のものと違って上手にできない。

「ごめんなさい……、あんまり気持ちよくないですよね……」

兎神は奏多の髪に口づけながら、息を荒くする。

「そんなことない。おまえが俺のを触ってくれてると思うだけで、すげえ興奮してる」

言葉を証明するように、笠の開ききった冠の先端から、たらりと透明なしずくが零れて茎を伝った。

舐めてみたいと思ったが、上手にできる自信がない。

「先生……、教えて」

手に持った兎神の雄が、びくっと震えて体積を増した。

「おい、思わずイキそうになったぞ。ただでさえ興奮してんのに煽るな」

そんなつもりはなかったのに、無自覚に煽ってしまったらしい。

兎神は奏多の手を上から包み、手の動かし方を指南する。

「真ん中辺りを強く握れ。そう……、これくらい。俺は根もとに向かって扱き下ろす方が好きだ」

自分は自慰のとき根もとを握って上に向かってこするから、やり方が違うのにどきどきした。

「手でしながら咥える……、のは慣れないと難しいから、手の動きに合わせて裏筋とか笠の部分とか舌を当ててくれりゃいい。でも、無理はすんな。嫌ならすぐやめろ」

もっと抵抗感があるかと思ったが、兎神がとても心配そうな目で見ているので、逆に大丈夫だよと安心させたくなった。

なにより愛しい人のものだから……。

宝もののように唇でてっぺんに触れたあと、言われたとおり舌を伸ばして手で扱いた。

「すご……、あつい……」

舌で触れる男根の熱にくらくらした。

兎神の手が、やさしく頭を撫でてくれるのが嬉しい。先端から滲む体液の味に、兎神も感じているのだと知れて心が騒ぐ。こんなこと、好きな人にじゃなきゃできない。

以前は絶対にできないと思ったのに、むしろ喜んでしている自分が不思議だった。大好きな人が悦んでいると思うと心が気持ちよくて、兎神がしたがった気持ちがわかる。

目を閉じてただ愛撫に没頭していると、自然に呟いていた。

「すき………、あっ?」

突然雄を取り上げられて上を向くと、ぎらぎら光る野獣のような目と視線が合った。

「悪い、ちょっと我慢できねえ」

飢えたような瞳に、欲しがられていると感じて全身に鳥肌が立った。

自分も食べられたくて、腰が熱くなる。

兎神はいつもの薬瓶をどこからか取り出すと、自身の雄にたっぷりと塗りつけた。

「顔見ながら抱きたい」

自分も、好きな人の顔を見ながらしたい。

仰向けに寝かされ、大きく膝を割られる。軟膏を纏った指に後孔を探られ、息を吐きながら準備を受け入れた。

焦っているようで、決して奏多を傷つけない。孔を拡げ、奥まで薬を塗り込め、気を散らすように顔中にキスを繰り返す。

早く欲しいのに焦れったいほど丁寧に準備され、ほとんど泣きながらすがった。

「せんせい、はやく……！」

「奏多……！」

ぐっ……、と自分の中に挿入ってきたとき、体と一緒に心まで満たされた。

好きで、好きで、繋がりながら何度も口づけて愛の言葉を繰り返す。

「愛してる」

「ぼくも……、あいして、ます……」

兎神と繋いだ手の指に、銀色の指輪が光っているのを見つけ、胸が痛くなった。

「ゆびわ……、ごめ、なさい……」

「いい、次は本物を用意するから」

荒い息をつきながら、兎神の手を引き寄せて指輪に口づけた。

「また、おなじのがいい……」

兎神が最初にくれたプレゼントだから。

「ああ。じゃあ、同じのにしよう」

奏多がそうしたいと言うから、すぐに同意してくれる。やさしくて、嫁想いの夫。

「あいしてます……」

幸せで、愛の言葉を繰り返しながらするセックスは、今までよりもっと気持ちよかった。

*

三月に入り、寒かった冬の日差しが日ごとに温かくなってきた頃。

奏多は大兎神社の階段を、駆け足で上っていた。階段を上り切り、兎神と姫の悲恋の書かれた案内板を横目で見る。あれが自分のことだったと思うと、なんだかくすぐったい。

横木の階段を上って小山分祀を通り過ぎ、さらに奥へ。

「奏多はん」

声をかけられ、奏多は走り寄っていった。

「のっぺらぼうさん、こんにちは」

「周囲に人がいーひんことは確認した。乗っとぉくれやす」

童子たちが集まってできた玉兎が奏多とのっぺらぼうを乗せる。

あやかし世界に通じる大山分祀までは歩くと距離があるので、奏多が来る日はこうして迎えに来てくれるのだ。

「ほな、行きますえ～。しっかりつかまっておくれやす」

ぴょん、と風を切って飛び出す玉兎の背に揺られるのは、もう何回目だろう。

大山分祀に到着し、祠をくぐればそこはもうあやかし世界だ。

「ただいま～」

奏多が声をかけると、広間にいたあやかしたちが一斉に迎えてくれる。

「おかえり、奏多！」

兎神が立ち上がり、奏多の方に歩いてくる。

「どうだった？」

尋ねられ、奏多はボディバッグから一通の書類を取り出した。

みんなに見えるよう広げてみせる。

「見て！　合格！」

うおーっ！　と広間のみんなが歓声を上げる。それは、大学の合格通知だった。

「よく頑張ったな」

兎神に頭を撫でられ、奏多は得意げに顎を上げる。

「もうね、すぐおばあちゃん家に引っ越しできるように荷物はまとめてあるから。これからは週末ごとにこっちに来られますよ」

「楽しみだな」

兎神と結ばれて、こちらの大学を受験することにした。

祖母には正直に事情を話し、とても驚いたが受け入れてくれたことに感謝している。祖母は奏多の両親に、慣れた土地を離れたくない、独り暮らしは心細いから奏多に来て欲しいとまで口添えしてくれた。

もちろん大学の勉強はちゃんとする、授業をさぼらない、外泊の際にはきちんと連絡することなど、諸々取り決めをした上で。

「じゃあ今日は奏多の合格祝いだな！」

金熊がジュースを片手に、いそいそと宴会準備を始める。

「今夜は奏多と二人っきりにはなれそうもねえなぁ」

残念そうな息をついた兎神に、奏多は笑って手を繋いだ。

「これからはしょっちゅう会えますから」

「そうだな」

みんなが騒いでいる間に、人目を盗んで軽くキスをされた。

「ちょ……、やめてください！」

余裕のある笑みを浮かべた兎神は、振り上げそうになった奏多の手を、

「いいじゃねえか」と握り直した。

嬉しそうな兎神の顔を見ていたら、ま、いいかと思えてしまう。

「モフリーノ先生、奏多はん、真ん中に座っとぉくれやす～」

のっぺらぼうに呼ばれ、二人で手を繋いだまま歩いていく。

あやかしと人間の世界を行ったり来たりする夏休みは、今年もまた訪れそうだ。

あとがき

このたびは『モフリーノ先生とないしょのなつやすみ』をお手に取ってくださり、ありがとうございました。

ちょうど発売日頃の話になりました。夏の終わりの暑さを想像しながらお楽しみいただければ幸いです。

さて、この春から世間はコロナでぴりぴりしていますね。そんな中、どんなお話が皆さまに読みやすいかな~と考え、あやかしと夏休みともふもふというライトノベルっぽいノリの、明るめの話を目指してみました。

文体もキャラも軽めでテンポよく、読みやすさを重視しましたので、そんな感じの仕上がりになっていると思います。べらんめえな口調の攻めも、あやかしたちも楽しく書きました。もちろん、いつもどおりのエロ+溺愛も忘れていません。皆さまにもお楽しみいただけたら嬉しいです。

あやかしといえば、世話焼きののっぺらぼうは京都弁なのですが、今回京都弁の監修をお友達作家のM先生にお願いしました。M先生、この場を借りてお礼申し上げます。ありがとうございます、とても助かりました！

いつも懐深く、どんなネタでも（笑）ＯＫを出してくださる担当さま、今回もお世話になりました。あのエピソードを「面白そう、読みたい」と言ってくださって嬉しいです。機会があれば、そんなお話もぜひ！

みずかね先生、お忙しい中挿絵をお引き受けくださり、ありがとうございました。先生のイラストが大好きで、ちょっと心臓がおかしいくらい楽しみにしています。

そしていつもおつき合いくださる読者さま、はじめましての方も、心からお礼申し上げます。少しでも楽しい時間をお届けできていたら感無量です。よかったらひと言なりとご感想をお聞かせくださいませ。ツイッターもやっていますので、お気軽にお声かけください。

また次の作品でもお目にかかれますように。

かわい恋　Twitter:@kawaiko_love

かわい恋先生、みずかねりょう先生へのお便り、
本作品に関するご意見、ご感想などは
〒101-8405
東京都千代田区神田三崎町2-18-11
二見書房　シャレード文庫
「モフリーノ先生とないしょのなつやすみ」係まで。

本作品は書き下ろしです

CHARADE BUNKO

モフリーノ先生《せんせい》とないしょのなつやすみ

【著者】かわい恋《こ》

【発行所】株式会社二見書房
東京都千代田区神田三崎町2-18-11
電話　03(3515)2311［営業］
　　　03(3515)2314［編集］
振替　00170-4-2639
【印刷】株式会社 堀内印刷所
【製本】株式会社 村上製本所

落丁・乱丁本はお取り替えいたします。
定価は、カバーに表示してあります。

©Kawaiko 2020,Printed In Japan

ISBN978-4-576-20126-9

https://charade.futami.co.jp/

CHARADE BUNKO

今すぐ読みたいラブがある!

かわい恋の本

おまえは俺にとって可愛い子ヒツジだ

オオカミパパに溺愛されています

イラスト＝榊 空也

オメガであることが原因で保育士を辞め、家事代行サービス会社に勤める千明。子持ちのアルファ宅に派遣された千明を迎えたのは七歳、六歳、二歳の子どもたちとハイブリッドアルファの大神だった。灰褐色の毛の巨躯にいかめしい態度はオオカミそのもの。そんな大神を気遣いつつ住み込みをスタートさせたものの!?

CHARADE BUNKO

今すぐ読みたいラブがある!

かわい恋の本

不安は全部忘れろ。全力で愛してやる

オオカミパパとおうちごはんで子育て中

イラスト＝榊 空也

運命の番でハイブリッドアルファの大神と結ばれた千明。待望の赤ちゃんも誕生し、家は純、蓮、亮太とともにさらに賑わいを見せている。そんなとき、大神の妹・ゆきがアメリカから帰国。亮太の父・アレックスとよりを戻したので、亮太を引き取ると言い出して!?『オオカミパパに溺愛されています』続編♡

CHARADE BUNKO

今すぐ読みたいラブがある!

かわい恋の本

フェレンツは、「みんなの愛人」――

宮廷愛人

イラスト＝笠井あゆみ

国王の歌手・カナリヤとなったミハイは世にも美しい男・フェレンツと出会う。頽廃の美を体現したかのようなフェレンツにミハイは純粋に惹かれていくが彼の役目は「みんなの愛人」であること…。その魔性に取り込まれてはならないと足掻く一方で純粋な羨望と束縛にも抗えず――。王の寵鳥たちが奏でる艶美な宮廷夜話。